Giunti Editore è socio di IBBY Italia

Leggere per crescere liberi

Sostieni anche tu IBBY Italia, i libri per ragazzi, la lettura e il diritto a diventare lettori.
www.ibbyitalia.it

Testo: Francesco D'Adamo

Illustrazione di copertina: Chiara di Biagio
Art direction e graphic design copertina: Bebung

Redazione: Ilaria Mazzone

www.giunti.it

Via Bolognese 165 – 50139 Firenze – Italia
Via G.B. Pirelli 30 – 20124 Milano – Italia

Prima edizione: marzo 2022

MISTO
Carta da fonti gestite in maniera responsabile
FSC® C115118
FSC www.fsc.org

Stampato presso Elcograf SpA, stabilimento di Cles

FRANCESCO D'ADAMO

GIUDITTA E L'ORECCHIO DEL DIAVOLO

GIUNTI

Prologo

Più di dieci anni fa, durante un vagabondaggio estivo, sono arrivato per caso in una valle che non conoscevo, incassata tra le montagne delle Alpi, e di cui non vi dirò il nome. Nel fondovalle c'era una cittadina piuttosto anonima, attraversata da un fiume di non grande importanza, c'erano diversi centri commerciali e una miriade di ditte che producevano un po' di tutto disposte una accanto all'altra lungo la strada provinciale.

Il posto mi mise di malumore, sembrava la periferia di una grande città e io ero scappato dalla grande città in cui vivo per godermi una gita in montagna. Così trovai una strada che saliva verso le vette che si stagliavano oscure contro il cielo azzurro e bianco. Forse lassù, mi dissi, avrei trovato un paese dove le case erano ancora di pietra e un'osteria in cui mangiare funghi e formaggio su un tavolo di legno. Era quello che volevo.

Lo trovai davvero dopo aver percorso una lunghissima strada tutta curve e tornanti.

"Acquadolce", diceva il cartello stradale all'ingresso dell'abitato e c'era in effetti un torrentello che proba-

bilmente dava il nome al paese. Un pugno di case – di pietra – una piccola piazza, la chiesa col campanile, qualche fattoria abbarbicata sul pendio dei monti. E c'era anche la tanto sospirata osteria. La vista era magnifica, da lassù si dominavano la valle e la pianura lontana e tremolante tra la foschia e i vapori.

Dentro l'osteria c'erano quattro vecchi e, come capita in posti in cui i forestieri sono pochi, prima venni osservato con curiosità mentre entravo e prendevo posto, poi uno di loro si alzò e venne a sedersi al mio tavolo, attaccò discorso e mi sottopose all'interrogatorio di rito: chi ero, da dove venivo, cosa facevo.

«Uno scrittore, eh?» mi disse con l'aria incredula che hanno quasi tutti quando rivelo qual è il mio mestiere. Sono tutti convinti che gli scrittori vivano dentro le antologie scolastiche e che, comunque, siano roba da altri tempi.

«Io leggevo i romanzi di Salgari,» confessò «e anche mio fratello Giulio. Io mi chiamo Tonino. Giulio aveva quattro anni più di me e le prime storie di Salgari me le ha lette lui. Mi ricordo 'Il Corsaro Nero'».

«Ho letto anch'io i romanzi di Salgari» lo informai.

«Davvero?» La cosa sembrò tranquillizzarlo.

Quelle letture in comune ci fecero sentire complici, continuammo a chiacchierare, ci facemmo qualche confidenza.

Tonino era un vecchietto dall'aria fragile, con una bella faccia rugosa da montanaro e dei folti capelli bianchi. Bevve il suo bicchiere di vino, poi mi guardò negli occhi.

«Vuole sentirla una storia, scrittore?» mi disse poi. «Non so perché gliela racconto, io lei non la conosco, non ho nemmeno mai letto niente di suo. Ma lei mi sembra uno a posto e questa storia ancora viene a svegliarmi certe notti tirandomi per i piedi e sì che sono passati più di sessant'anni. Mi sveglio, guardo nel buio, ascolto il vento scuro di fuori e penso a Giuditta e a mio fratello Giulio e al muro del cimitero, qua, appena fuori paese. L'avevano appena intonacato di bianco quel muro, pochi giorni prima che... Forse, se la racconto, la storia mi lascerà in pace o forse no, perché è una di quelle storie che non vogliono essere dimenticate. È una storia strana, la avverto. Se poi non ci vuol credere, fatti suoi».

«Noi scrittori amiamo le storie strane» lo rassicurai.

«È una storia di partigiani» proseguì Tonino. «In questa zona tedeschi e fascisti si sono macchiati di crimini spaventosi. Rappresaglie, rastrellamenti, massacri di civili. Su queste montagne c'erano le brigate partigiane. Hanno combattuto una guerra impari, erano pochi, male armati. Hanno dato il sangue. È grazie a loro che oggi siamo liberi, anche se c'è chi dice di no. Ma io la penso così».

«Anch'io».

Ordinammo un altro mezzo litro.

«Proprio quassù» e indicò le cime che si vedevano

dalla finestra «c'era la banda di Sandokan, era una delle più grandi».

«Si chiamava proprio Sandokan?» chiesi. «Come mai?»

«Quel nome di battaglia glielo demmo io e Giulio. L'avevamo preso dai romanzi di Salgari, ovviamente. Sandokan era nostro padre. Io avevo sette anni all'epoca dei fatti, Giulio undici. Ma prima devo farle vedere una cosa. Ha voglia di fare una passeggiata? La avverto che il sentiero è un po' ripido».

Tornammo all'ingresso del paese dove c'era il torrente. L'aria era fredda e chiara. Da là prendemmo un sentiero che saliva dritto verso i boschi. Era molto mal tenuto e bisognava aprirsi la strada tra i cespugli e le erbe selvatiche che nel tempo lo avevano invaso. Sembrava che non fosse molto battuto.

«Dove stiamo andando» mi spiegò Tonino «è un posto maledetto. Sempre stato così. E da quando sono successi i fatti che sto per raccontarle non c'è andato proprio più nessuno. Anche ai tempi miei non è che fosse molto frequentato. Avevano tutti paura. Ci andava Giuditta, sì. Ma lei non aveva paura né del Diavolo né della morte perché li aveva entrambi già incontrati. Ecco, siamo arrivati».

Il sentiero terminava in una radura completamente chiusa dagli alberi e dal sottobosco che era fittissimo. In mezzo alla radura c'era una strana costruzione, alta contro il cielo, rovinata dal tempo e dalle intemperie.

Sembrava un muro ma non capivo cosa ci facesse un muro lassù. C'era poca luce e sembrava cupo e nero.

All'improvviso faceva freddo.

«Questo è l'Orecchio del Diavolo» disse Tonino. «Si sieda scrittore e mi ascolti. Libero di non credere a quello che le racconterò, però la prego di una cosa: non mi interrompa. Devo parlarle della mia famiglia e anche del coraggio, del sangue e dell'infamia. Un sacco di roba. E devo raccontarle anche di una bambina terribile e di come cambiò le nostre vite. Non è facile, glielo assicuro, anche dopo tanto tempo, per cui si metta tranquillo e non faccia domande. Come le dicevo non l'ho mai raccontata a nessuno questa storia».

Si accese la pipa e rimase pensieroso per qualche minuto come se stesse raccogliendo i ricordi. La radura era immersa nel silenzio, non si sentiva nemmeno il canto degli uccelli. L'Orecchio del Diavolo – qualunque cosa fosse – incombeva su di noi.

Quella che segue è la storia come me l'ha raccontata il vecchio Tonino quel pomeriggio. Ho solo aggiunto qualche particolare di fantasia perché noi scrittori facciamo così. Ma sono stato assolutamente fedele a quanto lui mi ha detto.

Liberi di non credere all'esistenza dell'Orecchio del Diavolo.

Io però l'ho visto.

Capitolo 1

Italia del Nord, autunno del 1944.

La strada che dal fondovalle saliva su in alto fino al pugno di case di Acquadolce, aggrappate su una radura al limite dei boschi e delle forre spazzate dai venti freddi del nord, era buia e tortuosa. Si arrampicava lungo il fianco della montagna girandole tutto attorno, costeggiando pratoni e precipizi rocciosi, e si snodava come un serpente per ben sedici tornanti consecutivi.

Quando otto anni prima era passato di là il Giro d'Italia la maggior parte dei corridori era rimasta piantata con le gambe in croce e il fiato strozzato per la fatica e non ce l'aveva fatta a raggiungere la cima dove era fissato il Gran Premio della Montagna e a scollinare dall'altra parte dove una lunga e ripida discesa portava al traguardo. Tranne un giovanotto che si chiamava Gino Bartali, al suo primo Giro d'Italia, che i sedici tornanti se li era fatti come bere acqua fresca e tutti dicevano che sarebbe diventato un campione.

La Balilla percorse gli ultimi tre tornanti della strada a fari spenti per non rischiare di essere vista da qualcuno, anche se la mezzanotte era passata da un pezzo ed era improbabile che ad Acquadolce ci fosse qualche abitante ancora sveglio: erano quasi tutti contadini che si alzavano prima del sorgere del sole e andavano a letto con le galline. L'automobile passò sul ponticello di pietra sotto il quale scorreva il torrente che dava il nome alla località, costeggiò il muro del cimitero ed entrò in paese scivolando sulla strada con solo un leggero fruscio dei copertoni, silenziosa e invisibile come un fantasma.

Si fermò davanti alla casa di Caterina proprio accanto alla piazza dove c'erano la chiesa, il piccolo Comune, la fontana pubblica, l'emporio del signor Aurelio che sapevano tutti che era fascista e il palazzetto con lo studio dell'avvocato Briganti, che era fascista pure lui. Per forza, con quel nome…

Giulio si svegliò di colpo sentendo sbattere la portiera della macchina, si riscosse e per poco non cadde dalla sedia su cui si era appollaiato per guardare fuori dalla finestra.

Doveva essersi addormentato con la testa sul davanzale, come un allocco, e aveva preso un sacco di freddo. Anche se era settembre le notti erano già rigide lassù. Ci mancava che prendeva il raffreddore, poi mamma chi la sentiva?

Impiegò qualche secondo per capire perché era là in quella scomoda posizione.

Quanto tempo era passato? Che ora era? Fuori era notte fonda. Si strofinò gli occhi, tirò su col naso, se lo asciugò con la manica del pigiama, poi si ricordò il motivo per cui la sera prima anziché andare a letto si era messo di vedetta dietro la finestra e sbirciò fuori spostando la tendina di pizzo.

La Balilla nera era ferma proprio davanti alla porta di casa, sepolta in una pozza di buio per cui non si vedeva un granché, c'era solo uno spicchio di luna quella notte e ogni tanto una nube nera la oscurava. La nube nera andava e veniva a suo piacere, come fanno le nuvole.

Giulio riuscì solo a distinguere la sagoma grossa di un uomo avvolto in un soprabito troppo leggero – doveva essere uno di città – e col cappello calcato fino agli occhi, e accanto a lui una sagoma più bassa e più piccola. Quella che invece aspettava sulla porta era senza dubbio mamma.

La nuvola nera si spostò, un raggio di luce incerta piovve dall'alto e gli permise di intravedere qualcosa. Un attimo, non di più. La sagoma piccola era quella di una ragazzina infagottata in un pastrano che le arrivava fino alle scarpe, non le si vedeva la faccia e aveva dei capelli neri lunghi e selvaggi, aggrovigliati come un nido di vipere.

Buio.

Mamma la prese in consegna, scambiò due parole con l'uomo della Balilla sussurrando appena, entrò e chiuse la porta di casa. L'automobile scivolò via nella notte, sempre a fari spenti, invisibile e silenziosa come quando era arrivata.

Giulio sentì un lungo brivido lungo la schiena e non era

un brivido di freddo questa volta: era arrivata davvero! La bambina nuova!

In cuor suo, vergognandosi molto, aveva sperato che non fosse vero. Che mamma avesse solo voluto scherzare. Aveva pregato che non succedesse. Che all'ultimo momento qualcosa andasse storto o che…

E invece era arrivata, era già in casa.

Svegliò suo fratello Tonino che naturalmente dormiva della grossa. Aveva promesso che sarebbe rimasto sveglio anche lui a fare la guardia con Giulio ma figurati!

Tonino aveva sette anni ed era un impiastro ma in quel momento Giulio sentiva il bisogno di qualcuno con cui condividere i suoi timori.

Scrollò il fratello senza tanti riguardi. Tonino notoriamente non lo svegliavano nemmeno le cannonate.

«E svegliati, dai! È arrivata!»

«Chi è arrivata?» bofonchiò Tonino ancora mezzo addormentato.

«La bambina! Non ti ricordi?»

Tonino si svegliò di colpo.

«Non è vero» piagnucolò. «Mi prendi in giro».

«È qui, ti dico».

Cadde un silenzio di tomba.

«E… l'hai vista?» si azzardò a chiedere Tonino.

Giulio esitò un attimo.

«No» disse poi. «C'era troppo buio».

Inutile dire a Tonino che la bambina nuova aveva i capelli da vipera, era già abbastanza spaventato.

La sera prima mamma Caterina, dopo aver sparecchiato e aver messo i piatti sporchi della cena a mollo nell'acquaio, aveva detto ai due fratelli di rimanere seduti ai loro posti attorno al tavolone di legno della cucina perché dovevano parlare.

In cucina si stava bene, c'era il calore della stufa e l'odore del brodo che avevano mangiato a cena, i primi festoni di castagne che avrebbero arrostito nei giorni successivi e Cane Giuseppe che impigriva nell'angolo più caldo prima di essere mandato fuori per la notte perché assolutamente non poteva dormire in casa – non se ne parlava nemmeno.

Quando mamma diceva così voleva dire che era in arrivo una sgridata solenne perché ne avevano combinata una di troppo. Capitava abbastanza spesso. Destinatario della predica era soprattutto Giulio, perché lui era il più grande – aveva 11 anni – ed era responsabile lui di suo fratello che era ancora piccolo ed era lui, Giulio, che doveva dare il buon esempio ecc. ecc., e invece ecc. ecc...

Ma la sera prima mamma Caterina non li aveva sgridati.

Guardandoli con aria molto seria aveva detto che quella notte sarebbe arrivata una bambina e che sarebbe rimasta a vivere con loro, non si sapeva per quanto, di sicuro fino a quando non fosse finita quella guerra maledetta. Che era sola, non aveva più una famiglia, nessuno che si occupasse di lei. Che dovevano volerle bene perché quella bambina aveva molto sofferto e dovevano trattarla come una sorella.

Poi li aveva guardati negli occhi.

«Questa è una cosa molto importante, ascoltatemi bene. Se qualcuno vi chiede qualcosa voi dovete dire che la bambina è vostra cugina, che è la figlia della zia Andreina...»

«Noi non abbiamo una zia Andreina» obiettò Tonino.

«Tu devi dire lo stesso così, tesoro. Devi dire che viene dalla città e che è sfollata qua per sfuggire ai bombardamenti. È tua cugina, ricordatelo e stai attento a non sbagliare» spiegò Caterina.

«Perché è così importante?» chiese Giulio.

«Perché se no la prendono i tedeschi» disse mamma.

Qualcosa scoppiettò nella stufa, una pigna probabilmente.

Quella era una cosa che capiva anche Tonino: sapeva che i tedeschi erano cattivi e infatti suo papà era Sandokan che comandava i partigiani su in montagna e ai tedeschi gli facevano vedere i sorci verdi.

Anche quella era una cosa che non bisognava dire.

Due segreti in una volta! Tonino si sentiva molto importante.

Giulio lo capiva anche meglio di lui perché aveva 11 anni, appunto, e suo padre non gli aveva mai nascosto nulla. Anche il giorno che aveva riempito lo zaino e si era messo la giubba pesante e gli scarponi ed era andato su in montagna a combattere, papà aveva preso Giulio in disparte ed erano usciti fuori, nell'orto che a primavera inoltrata brulicava di germogli e di insetti con il profumo della terra appena vangata.

Papà si era accoccolato sui talloni, aveva sbriciolato una zolla, aveva masticato una foglia e poi gli aveva spiegato perché lo faceva. Papà non era molto bravo con le parole, non era uno che parlava molto e ogni tanto non trovava la parola giusta.

Giulio lo aveva ascoltato in piedi, col sole che gli scottava il collo e riusciva a pensare solo: "Non voglio, non voglio che vai".

Ma quando papà aveva finito di parlare lui aveva detto: «Ho capito», e aveva capito davvero perché papà li lasciava soli per andare a combattere in montagna.

Era passato ormai un anno da quel giorno e Giulio non avrebbe mai immaginato che papà potesse mancargli tanto. Gli mancava ogni volta che il vento gli scompigliava i capelli o quando al mattino andava nella legnaia a prendere le fascine per accendere la stufa e c'era quell'odore di resina e segatura. Gli mancava in momenti così, senza nessun motivo apparente.

Mancava più a lui che a Tonino, che era piccolo ed era ancora attaccato alla mamma.

Se quella bambina la cercavano i tedeschi allora bisognava proteggerla, e sarebbe stato attento che anche Tonino non dicesse qualche sciocchezza in giro per il paese.

Entrambi fecero segno di sì a mamma con aria molto seria, avevano capito e poteva contare su di loro. Avevano entrambi un milione di domande sulla punta della lingua ma non era il momento di farle.

Ma quando poi i due fratelli si erano ritrovati soli nella

loro stanza, in pigiama e coi piedi nudi sul pavimento freddo, li aveva presi l'angoscia.

«Io non voglio una sorella» aveva detto Tonino con gli occhi pieni di lacrime.

«Nemmeno io» aveva ammesso Giulio cupo.

Loro due stavano bene così.

Avevano tutto il bosco e la montagna da esplorare, avevano i torrenti che scendevano dai nevai e dove d'estate facevano il bagno, sapevano seguire le impronte degli animali e conoscevano tutti gli uccelli. Avevano i loro giochi e le loro abitudini. Avevano un vecchio pallone di cuoio con la camera d'aria seminuova con cui giocavano interminabili partite di calcio.

Che se ne facevano di una sorella?

Le sorelle sono noiose e impiccione. Sandrino, il figlio della Monica, aveva due sorelle e raccontava delle cose tremende. Che bisogna sempre fare quello che vogliono loro. Che hanno da ridire su tutto e non stanno mai zitte.

E poi c'era un sospetto che li rodeva entrambi.

Era un brutto pensiero e Giulio non lo voleva dire perché si vergognava e alla fine lo aveva tirato fuori Tonino con un filo di voce: «E se poi la mamma vuole più bene a lei?».

«Ma no! È impossibile. Cosa vai a pensare!» lo aveva rassicurato Giulio che invece non era sicuro per niente.

La mamma una volta non aveva detto che avrebbe tanto desiderato una figlia femmina? Che avrebbe potuto insegnarle tante cose e che le avrebbe fatto compagnia, non come quei due maschiacci che se la svignavano appena potevano?

Sì che lo aveva detto.

Papà si era messo a ridere e aveva detto: «Vedremo!».

E adesso…

Tonino si era alzato, il sonno gli era passato.

«Cosa facciamo?» domandò al fratello.

Il campanile della chiesa batté un colpo. Non capitava mai che fossero svegli a un'ora così tarda, giusto la notte di Natale. Non si sentiva nessun rumore, nemmeno il fiato del vento, anche gli animali notturni stavano dormendo. Il buio fuori della finestra era pauroso e pieno di misteri.

Dalla cucina al pianterreno si sentiva appena un sussurro, la voce di mamma che stava parlando con la bambina nuova.

«Andiamo a sentire» decise Giulio.

«Mamma non vuole che stiamo alzati a quest'ora. E poi non sta bene spiare».

«Mica ci facciamo vedere».

La porta della camera si socchiuse con un leggero cigolio. La voce di mamma arrivò più forte.

Sgattaiolarono sul pianerottolo della scala, strisciarono fino alla ringhiera e dall'alto videro mamma seduta al tavolone della cucina e la bambina nuova, di spalle, in piedi davanti a lei. Era avvolta in un pastrano logoro e rappezzato che la faceva sembrare un sacco di patate, ai piedi aveva degli scarponi sfondati ed era senza calze con quell'aria fredda.

I capelli erano un groviglio inestricabile.

Mamma le stava dicendo che lì con loro sarebbe stata al sicuro, che nessuno le avrebbe fatto più del male. La bambina non disse niente. Poi mamma la abbracciò e la bambina non ricambiò l'abbraccio e rimase ferma e immobile, rigida come un bastone.

«Ti accompagno nella tua camera» le disse mamma e la prese per mano.

La bambina si girò e si mosse in modo strano e incerto come se non sapesse dove mettere i piedi. Giulio e Tonino la videro per la prima volta in faccia: aveva un viso che sembrava tagliato nella pietra, duro e storto e cattivo, con le labbra serrate, sottili e pallide.

E poi, alla luce della lampada che oscillava al centro del tavolo della cucina, le videro gli occhi e occhi così loro non li avevano mai visti: erano grandi e come vuoti e più freddi del ghiacciaio del Monte Alto.

Fu un attimo: rincularono velocemente per non farsi sorprendere da mamma, la sentirono passare davanti alla loro camera e accompagnare la bambina nella cameretta accanto alla loro dove una volta dormiva la nonna e che era rimasta vuota da quando la nonna non c'era più. Mamma disse ancora due parole sottovoce e poi tornò in cucina.

Accostarono subito l'orecchio alla parete e rimasero in ascolto ma dalla camera accanto non veniva nessun rumore, nemmeno un respiro. Si rimisero a letto ma senza riuscire a prendere sonno.

«È una *stria*» sussurrò Tonino da sotto le coperte nel buio della stanza.

«Non esistono le streghe, scemo» lo rimbeccò Giulio. Poi cercò di consolare suo fratello. «Magari è simpatica» gli disse.

Non ci credeva nemmeno lui.

Capitolo 2

Il giorno dopo era domenica e anche se don Mario, il parroco, si ostinava a suonare le campane come se fosse stato un giorno di festa, da quando c'erano la guerra e l'occupazione tedesca era un giorno cupo come gli altri, con poco da mangiare e i posti vuoti attorno alla tavola lasciati dagli uomini che erano al fronte o a combattere in montagna. Mancavano tutti i giorni, è vero, ma la domenica si notava di più.

In paese erano rimasti solo i vecchi e qualche imboscato.

Anche il tempo quella mattina era grigio e smorto, con una luce scialba appiccicata in giro come per caso che scivolava giù dalla montagna e festoni di nebbia che coprivano il fondovalle. Ogni tanto la nebbia si muoveva come un mare pallido e bianco e lasciava intravedere il reticolo delle strade che attraversavano la pianura là in fondo e il fiume che scorreva in basso col ponte sorvegliato dai tedeschi giorno e notte per paura che i partigiani lo facessero saltare. C'erano le garitte con le sentinelle alle due estremità e si davano il cambio ogni sei ore battendo il passo dell'oca. Sembrava un ponte da niente e invece, a quanto pareva, era importante perché là sopra passavano le colonne dell'esercito nazista dirette al fronte meridionale e guai se quella linea di comunicazione si fosse interrotta.

Caterina uscì in cortile a vuotare il catino dell'acqua sporca e si guardò attorno rabbrividendo nello scialle. Fino a quando c'era la nebbia i tedeschi non si sarebbero mossi e non avrebbero tentato incursioni contro i partigiani: troppo facile cadere in un agguato. Ma forse, nascosti nella nebbia, si sarebbero mossi i partigiani…

Guardò gli alberi dei boschi che fino al giorno prima fiammeggiavano nei colori rossi dell'autunno e adesso cominciavano a perdere le foglie e a diventare umidi e scuri.

Li aspettava un inverno precoce.

Dicevano tutti che sarebbe stato uno degli inverni più freddi degli ultimi anni, lo si capiva da come volavano gli uccelli e dall'odore dell'aria che scendeva dal Canalone Grande che già pizzicava il naso e faceva crepitare le felci. Di sicuro avrebbe nevicato molto.

Caterina pensava agli uomini accampati in cima alla montagna nei loro bivacchi precari aperti ai quattro venti e pensava che avrebbe dovuto far avere al suo uomo un altro maglione pesante e una sciarpa e delle calze di lana. Ma lana non ce n'era più, né sale né farina né zucchero né lardo, non c'era più niente e quello che arrivava all'emporio del signor Aurelio aumentava di prezzo ogni giorno e anche i quattrini erano finiti, bisognava arrangiarsi con l'orto e le galline e barattare le uova con una brocca di latte.

Il suo uomo era Oreste, pensò con tenerezza, anche se

adesso si faceva chiamare Sandokan. Per lei sarebbe sempre stato Oreste, quello che aveva conosciuto al ballo del Primo Maggio, che era arrivato con un gruppo di amici facendo lo spavaldo e che poi mentre ballavano quasi non aveva avuto il coraggio di guardarla in faccia perché con le ragazze era timido come un bambino e ce n'era voluto di tempo prima che cominciasse a farle la corte. Invece lei, Caterina, sarebbe stata disposta anche subito perché le era piaciuto, quel bel ragazzo bruno, ma a quei tempi non usava che una ragazza prendesse l'iniziativa e aveva dovuto aspettare con santa pazienza che quel tontolone si decidesse.

Rientrò in casa. Giulio e Tonino avevano dormito fino a tardi dopo le emozioni della notte e quando comparvero in cucina ancora in pigiama e ciabatte la bambina stava finendo di bere una tazza di latte e surrogato di caffè.

Mamma Caterina doveva averla svegliata presto e portata nello stanzino sul retro dove c'era la grande tinozza di zinco che una volta alla settimana veniva riempita di acqua bollente e in cui loro due venivano immersi e strofinati con la lisciva nonostante strilli e proteste.

Adesso la bambina era ripulita e indossava calze grigie e un vestito di lana con un bel colletto di pizzo e degli scarponcini coi lacci gialli – dove li aveva trovati mamma quegli abiti da bambina? – e mamma aveva anche provato a sistemarle i capelli che però continuavano a essere aggrovigliati e ispidi come fil di ferro. Avrà avuto un anno più di Giulio.

I due fratelli si fecero avanti incerti. La bambina non diede segno di averli visti.

«Loro sono Giulio e Tonino» li presentò Caterina. «Vedrai che diventerete amici...»

La bambina alzò un dito accusatore. «Stanotte erano lassù,» disse «in cima alle scale e ci ascoltavano. Li ho sentiti».

Aveva una voce sgradevole, troppo acuta e che grattava come una lima.

Una spiona!

«Erano curiosi di conoscerti» spiegò Caterina.

Poi rivolta ai ragazzi: «Lei è Giuditta. Dovete stare attenti perché Giuditta non ci vede. È cieca. Dovrete aiutarla e...».

La bambina girò verso di loro quei suoi occhi grandi e vuoti. «Io non ho bisogno di aiuto» disse. «Io me la cavo da sola. Io non ho bisogno di nessuno».

«Giulio e Tonino ti aiuteranno» ripeté mamma «a conoscere la casa e il paese. Ti presenteranno alle persone. Il paese è piccolo, la tua presenza non può passare inosservata. C'è una cosa molto importante, state attenti tutti. Non puoi farti chiamare Giuditta, ti chiameremo Maria, d'accordo?»

«Io non mi chiamo Maria!» strillò la bambina. «Io sono Giuditta! Giuditta!»

«Giuditta è un nome ebreo» disse mamma. «Se si sa che qua è nascosta una bambina ebrea arrivano i tedeschi e ti portano via...»

«Io non ho paura dei *todeschi*!» urlò Giuditta. «Io me ne frego dei *todeschi*!»

Mamma si sedette accanto a lei, cercò di prenderle una mano ma lei la ritirò subito.

«Stammi a sentire bene, signorina» disse Caterina con voce ferma. «In paese quasi tutti simpatizzano coi partigiani, molte famiglie hanno un uomo che combatte in montagna e anche chi non ne ha capisce cosa vuol dire e non parla. Ma ci sono anche i fascisti e gli spioni. Il proprietario dell'emporio che ha sempre portato il distintivo del fascio all'occhiello della giacca, anche se adesso non lo mette più perché ha paura dei partigiani. L'avvocato Briganti e la sua famiglia che vivono nel loro castellotto in piazza e lui ogni mattina scende a valle con l'automobile e va spesso anche in città e non ha mai nascosto di avere ambizioni politiche. Conosce i pezzi grossi e vorrebbe diventare Federale. E ce ne sono anche altri che però si tengono nascosti. Ci sono i Lazzari. Sono una specie di tribù, vivono in catapecchie fuori del paese, sulle pietraie ai margini del bosco, e lavorano una terra secca e disperata, tutta sassi e sterpi, da cui non ricavano nemmeno da mangiare. Fanno una vita da bestie, non hanno nulla se non fatica e miseria. Loro non sono né fascisti né niente, ma per avere una mucca da tenere nella stalla sarebbero pronti a vendere anche la loro madre. Dobbiamo stare attenti. E allora, signorina, tu ti chiamerai Maria perché se ti trovano, se qualcuno fa la spia, non prendono solo te, prendono tutti noi e radono al suolo il paese».

Giuditta non disse niente.

Giulio pensò che era il momento di fare un bel gesto.

Prese Tonino per mano e si avvicinò al tavolo. «Vuoi

venire fuori a giocare con noi?» le propose. «Abbiamo un pallone!»

Non era sicuro che alle ragazze piacesse giocare a calcio ma gli sembrava ugualmente una proposta allettante.

«Io non voglio giocare a pallone!» berciò Giuditta.

Si alzò, prese la sua sedia e la trascinò rumorosamente davanti alla finestra della cucina. Tornò a sedersi e rimase là a guardare fuori dando loro le spalle.

Stava veramente guardando fuori con quei suoi occhi vuoti.

«Vi faccio una torta!» disse Caterina. «Contenti?»

Con cosa? Aprì gli sportelli della cucina. Ammollò del pane raffermo col latte, unì un uovo, due noci, un po' di uvetta, un pizzico di zucchero e cannella, accese il forno.

Non era granché ma forse l'odore della cannella avrebbe portato un po' di allegria.

No, pensarono Giulio e Tonino, la bambina nuova non era per niente simpatica.

Capitolo 3

Giuditta trascorse i giorni successivi a toccare coi polpastrelli tutte le superfici e gli oggetti della casa e a misurare gli spazi aprendo le braccia e calcolando le distanze. Tutto con la sua faccia storta e dura e senza pronunciare una parola. Il mattino del quarto giorno fu in grado di accendere il fuoco da sola e di muoversi in cucina trovando gli utensili e tutto quello che le serviva con la stessa sicurezza di Caterina.

Poi esplorò l'esterno, scoprì il cortile, il pozzo, il pollaio.

Giulio la seguiva preoccupato che si potesse fare male.

«Stai attenta!» si azzardò a dirle una volta. «C'è il bordo del pozzo, potresti…»

Lei lo mandò a quel paese.

Trovò l'orto, da cui in larga parte dipendeva la sopravvivenza della famiglia. Trascorse un pomeriggio seduta tra le zolle mentre Caterina le spiegava: qua abbiamo piantato le patate, sono già pronte, là invece ci sono i cavoli e le verze che verranno buoni questo inverno, e qui…

Lei sembrava non ascoltarla, seguiva il ronzio degli insetti. Caterina parlava e vangava e ogni tanto si fermava perché aveva il fiatone e si asciugava il sudore dalla fronte con un fazzolettone del marito. Era dura senza un uomo in casa.

Caterina lavorava da sarta ed era brava, ma era un periodo difficile anche per le signore che dal fondovalle le avevano sempre mandato i loro vestiti da accorciare o i cappotti da rivoltare, con la guerra anche la sarta era diventata un lusso per pochi e quasi nessuno poteva permettersi un abito nuovo.

Così Caterina lavorava nell'orto, curava il pollaio, spaccava la legna, attingeva infiniti secchi d'acqua dal pozzo, mandava avanti la casa ma – Dio mio! – quanto avrebbe avuto bisogno di un aiuto. Tonino era troppo piccolo naturalmente e Giulio era pieno di buona volontà ma era da sempre un bambino gracile e debole, un po' piccolo per la sua età. La vanga era troppo pesante per lui, si stancava subito.

Sabato, dieci giorni dopo il suo arrivo, Giuditta vangò la parte dell'orto dove Caterina intendeva seminare i piselli, un lavoro che rimandava da giorni. Era magra come un chiodo, le si contavano le ossa, ma lavorava come un ciuco ed era incredibilmente forte.

«Io lavoro» annunciò la sera alla famiglia riunita attorno al tavolo. «Io non sto qui a scrocco, io lavoro».

Poi Giulio e Tonino la accompagnarono a esplorare il paese. La presentarono a tutti.

«Lascia parlare me» raccomandava sempre Giulio al fratello temendo che Tonino potesse tradirsi. Poi ripeteva con grande attenzione la storiella della cugina che era dovuta scappare dalla città per sfuggire ai bombardamenti e che era cieca, poverina.

Sì, la figlia della zia Andreina.

Chi lo sa. Fino alla fine della guerra.

Certo che siamo contenti di avere una sorellina.

«Si chiama Maria» aggiungeva Tonino tutto contento. Questo era autorizzato a dirlo.

Alla fine avevano faticosamente raggiunto un compromesso: in paese si faceva presentare come Maria e rispondeva se la chiamavano così ma in casa pretendeva di essere chiamata Giuditta.

Caterina la presentò al signor Aurelio, il proprietario dell'emporio, avvisandolo che Maria, sua nipote che adesso viveva con loro, sarebbe venuta a fare la spesa e che magari si fidasse a farle credito perché, poverina, per lei era difficile contare i soldi…

«Io so benissimo contare i soldi!» sibilò Giuditta. «E non mi faccio imbrogliare».

Il signor Aurelio fece una risatina di circostanza. «Una bambina di carattere» commentò.

Il signor Aurelio non faceva credito a nessuno, sosteneva che erano tempi duri per tutti, che procurarsi la merce era sempre più difficile ed era sempre più cara e che lui ci rimetteva. In realtà aumentava continuamente i prezzi e i prodotti che non si trovavano nel suo negozio perché secondo lui erano introvabili si potevano comperare alla borsa nera andando a bussare alla porta di un piccolo magazzino gestito da un suo cugino. Là dentro c'era di tutto.

Ma per Caterina faceva un'eccezione perché aveva paura dei partigiani e in paese da sempre si sprecavano le voci su dove fosse veramente a combattere suo marito Oreste, se nell'esercito o su in montagna.

Poi Giuditta/Maria passò l'esame dell'avvocato Briganti una domenica mattina in piazza, all'uscita dalla messa. L'avvocato era avvolto in un cappotto col collo di pelliccia dall'aria molto calda ed era in compagnia della moglie, una donna acida e scorbutica che disprezzava la vita del paese e i suoi abitanti perché lei veniva dalla città e la sua era una famiglia di quelle che contano. Abitavano in una specie di castellotto, si ritenevano i padroni del paese ed erano fedelissimi del Duce. L'avvocato si vantava di conoscere tutti i gerarchi della zona.

«Così questa sarebbe la sua nuova figlioccia,» disse a Caterina «sua nipote. Arrivata così, all'improvviso. Me ne hanno parlato».

L'avvocato scrutò attentamente Giuditta, le osservò il profilo, il naso.

«Non le assomiglia per niente,» commentò «ma non vuol dire, anch'io ho una nipote che da me ha preso pochissimo. Davvero una bella bambina».

Caterina trascinò Giuditta a casa. L'avvocato Briganti, naturalmente, aveva le idee molto chiare sul naso degli ebrei.

Nel giro di due settimane Giuditta era in grado di riconoscere tutti gli abitanti dal suono dalla voce e sapeva quali erano le loro case, le loro abitudini, quando andavano a prendere acqua al pozzo, di chi era il gatto che impigriva sul muretto della piazza.

Caterina la guardava incredula: Giuditta sembrava in grado di immagazzinare una quantità enorme di informazioni e di tenerle a mente. Vedendo la sicurezza con cui si muoveva era difficile credere che fosse cieca.

«I ciechi sviluppano delle doti particolari» provava a spiegare Caterina agli stupefatti Giulio e Tonino. «Non hanno la vista e allora devono imparare a riconoscere le persone e le cose dai suoni o col tatto. Sono molto più sensibili di noi e...», ma anche a lei Giuditta sembrava strana e certe volte quasi le faceva paura.

Però, finalmente, aveva un aiuto in casa. Giuditta la aiutava nei lavori domestici, nell'orto e ben presto cominciò ad andare da sola a fare la spesa all'emporio del signor Aurelio: indicava con sicurezza i prodotti che le servivano, contava i soldi del resto col tatto attenta a non farsi imbrogliare e quando usciva con la sporta piena sputava per terra e diceva: «Fascista!».

Invece Giuditta si rifiutò categoricamente di andare a scuola.

La scuola in paese era rappresentata dalla signorina Silvia che si era diplomata l'anno prima col massimo dei voti e che al mattino per qualche ora radunava tutti i ragazzi in uno stanzone messo a disposizione dal Comune – un vecchio granaio senza la stufa e coi vetri rattoppati con pagine della *Gazzetta dello Sport* – dove faceva sillabare i più piccoli e raccontava le storie dell'*Odissea* ai più grandi.

La signorina Silvia era la cosa più bella, sorridente e profumata che Giulio avesse mai visto in vita sua. "Mamma non è così" pensava ogni tanto. Ma forse la signorina Silvia non deve zappare l'orto e lavare i pavimenti. Giulio comunque sarebbe rimasto tutto il giorno a guardarla e a sentirla declamare le avventure di Ulisse che poi non gli sembravano così diverse da quelle di Sandokan che lui leggeva nei romanzi di Salgari, ma a dirlo aveva paura di fare brutta figura. A ora di pranzo, la signorina Silvia consultava un orologino che portava appuntato alla camicetta, poi batteva le mani e diceva: «Andate pure!».

Gli altri si precipitavano fuori, Giulio non se ne sarebbe andato mai.

Cercò di spiegarlo a Giuditta, di dirle che la scuola era divertente e che la signorina raccontava delle storie bellissime ma lei naturalmente fu irremovibile.

«Tu non lo sai, tu non sai niente!» spiegò a Giulio col suo solito tono sprezzante. «Io andavo a scuola. Al mattino la maestra ci faceva fare il saluto al Duce e poi diceva che io ero giudia e anormale e che i giudii e gli anormali sono come la lebbra e bisogna estirparli prima che corrompono tutto. 'Tu puoi leggere?' mi diceva. 'No'. 'Puoi scrivere?' 'No'. 'Ecco, sei una parassita come tutti i giudii'. Gli altri ridevano. Non sono andata più».

«La signorina Silvia non è così, non direbbe mai queste cose» cercava di convincerla Giulio. «Sarà contenta se vieni, ti insegnerà a leggere...»

«Io non posso leggere!» strillava Giuditta. «Io non vedo, non l'hai capito, testa di rapa? Io sono cieca. Cieca».

Con i due ragazzi Giuditta continuava a essere violenta, aggressiva, prepotente. Tonino ne era impaurito e cercava di girare alla larga, Giulio si sforzava di essere gentile per fare contenta la mamma ma si sentiva a disagio anche lui.

Una sera, dopo che tutti erano andati a letto, Caterina rimase sola in cucina ad ascoltare il primo vento freddo che batteva contro i vetri delle finestre e i cani che abbaiavano nervosi da una fattoria all'altra. Anche Cane Giuseppe non la finiva più, chissà con chi ce l'aveva. Non c'era più un grammo di farina in casa e non sapeva dove poteva procurarsela, era tutto così difficile. All'improvviso la presero la tristezza e lo scoramento, come un ceffone in piena faccia, perché sembrava che la guerra non sarebbe finita mai e se alla fine davvero vincevano i tedeschi? E c'era Oreste su in montagna che rischiava di prendersi una fucilata o peggio di essere fatto prigioniero dai fascisti, e lei non voleva nemmeno pensare a cosa facevano ai partigiani che finivano nelle loro galere.

E poi pensò anche che forse aveva fatto male a nascondere in casa quella bambina strana e che stava mettendo a repentaglio la vita della sua famiglia e dell'intero paese perché se la scoprivano... Giuditta era impulsiva, poteva tradirsi in qualsiasi momento e Tonino era solo un bambino...

Ho sbagliato.

Ma aveva dovuto decidere tutto da sola, in fretta, senza potersi consultare con Oreste, con nessuno. Una mattina era arrivato in motocicletta un ragazzo di città che lei conosceva di vista e che faceva la staffetta per la Resistenza. L'aveva fatto entrare, gli aveva offerto un surrogato di caffè. Lui le aveva dato il messaggio. Si era seduta anche lei al tavolo della cucina, aveva letto il biglietto – poche righe scarne – e aveva sentito una vampata di calore salirle al viso.

Una richiesta così, mio Dio. Era una cosa difficile, delicata. E bisognava decidere subito.

O sì o no.

Sul tavolo c'erano quattro mele mezzo selvatiche con cui pensava di fare una torta per i ragazzi, aveva preso il coltello e aveva cominciato a sbucciarle mentre in testa le frullavano un sacco di cose. C'era un moscone sopravvissuto ai primi freddi che sbatteva contro i vetri della finestra e ronzava impazzito.

O sì o no.

Il ragazzo non sapeva nulla del contenuto del messaggio: «Se vuoi per la risposta posso tornare» si era offerto.

«Non c'è tempo» aveva risposto lei. «Digli che la portino».

«Va bene» aveva detto il ragazzo. Aveva finito di bere il caffè ed era ripartito subito.

Ho agito di impulso.

Stupida, sono stata stupida.

Uscì in cortile, urlò a Cane Giuseppe di stare zitto, *zitto, piantala ti ho detto!*

Ma Cane Giuseppe non obbediva mai a nessuno e allora lei gli tirò una sassata, senza prenderlo per fortuna, e poi rientrò in casa – che freddo faceva già.

Non aveva mai fatto una cosa del genere. Si mise a piangere in silenzio – che non la sentissero i ragazzi – con la faccia tra le mani.

Piangere le fece bene, si asciugò il viso.

Sì, era proprio stupida: tirare un sasso al povero Giuseppe! Pensare quelle brutte cose!

Cosa le era preso?

"È stato un momento di debolezza" pensò. "Non capiterà più".

Perché hai accettato di nascondere quella bambina?

Lo sai benissimo.

Qualche giorno dopo lo disse anche a Giulio che mogio mogio le aveva chiesto: «Ma che cos'ha Giuditta? Io cerco di essere gentile e lei…».

Caterina se l'era fatto venire vicino. Guardò suo figlio: cresceva ogni giorno, come le pannocchie, diventava sempre più alto e allampanato.

«Quello che è successo a Giuditta» gli disse «ce lo racconterà lei un giorno, se ne avrà voglia. Noi non dobbiamo forzarla. Io so quello che mi hanno detto: sono arrivati i nazisti a casa sua, accompagnati dalle camicie nere. Hanno preso tutta la sua famiglia e li hanno deportati. Lo sai cosa vuol dire, vero? Un attimo prima che facessero irruzione nell'appartamento sua madre l'ha fatta nascondere nel doppiofondo di un armadio che era stato preparato apposta per questa evenienza. Le ha raccomandato di non muoversi, di aspettare, di stare ferma e immobile perché i tedeschi potevano tornare un'altra volta, lo fanno sempre dopo un rastrellamento proprio per scoprire se qualcuno si era nascosto. Pare che sia rimasta chiusa in quel doppiofondo profondo una spanna per due giorni e due notti, in piedi senza poter dormire, senza aria, senza acqua, senza cibo, in ascolto, se sentiva qualche rumore arrivare dal buio. Quando si è fidata ad uscire è arrivata sul pianerottolo di casa e là si è fermata, non aveva il coraggio di scendere le scale e uscire in strada. Dove poteva andare? Per fortuna un vicino, una persona per bene, l'ha fatta entrare in casa, poi si è messo in contatto con un amico che conosceva uno della Resistenza e... insomma è arrivata qua. So che è difficile per voi ma dovete essere buoni e pazienti, dillo anche a Tonino. Vedrai, Giuditta cambierà, ma dobbiamo darle tempo».

Pochi giorni dopo Giuditta ordinò ai due fratelli di portarla a esplorare la montagna, perché voleva conoscere tutti i sentieri.

Capitolo 4

Per due settimane Giuditta costrinse i fratelli ad accompagnarla lungo i sentieri che dal paese salivano verso l'alto: il Sentiero dell'Orso – anche se in quella zona orsi non ce n'erano più da tanto tempo – il Sentiero del Canalone Grande che era ripido, ventoso e tutto pietrisco e si scivolava, bisognava stare attenti, il Sentiero della Vecchia che tagliava a zig zag tutto il fianco della montagna tra forre e torrenti e ogni tanto si apriva, si vedevano in basso le case di Acquadolce, la chiesetta di don Mario, i poderi, il punto in cui il bosco veniva tagliato per fare legna e carbone.

Giuditta si era fatta un nodoso bastone di castagno e con quello batteva il terreno attorno a sé, toccava gli alberi, frugava nel sottobosco. Dai fratelli si faceva spiegare ogni svolta, ogni deviazione, ogni punto di riferimento, li tempestava di domande e già la seconda volta che aveva percorso il tratto basso del Sentiero dell'Orso che portava direttamente in paese, si era ricordata tutto, ogni salita, ogni deviazione, ogni singolo sasso. Era arrivata dritta a casa.

Poi cominciò ad andare in giro da sola, come se avesse avuto la vista, come se fosse nata e cresciuta su quei crinali e fosse abituata a percorrere quei sentieri fin da piccola. Partiva al mattino, quando Giulio e Tonino erano a scuola, con a tracolla una vecchia borsa di tela e una borraccia che Oreste aveva portato dal fronte, un pezzo di pane in tasca, accompagnata da Cane Giuseppe che non la mollava un attimo.

La prima volta che era sparita, Caterina era morta di angoscia.

Finalmente l'aveva vista tornare per ora di pranzo, tranquilla.

«In giro» aveva risposto quando Caterina, con la voce che le tremava, le aveva chiesto dove fosse stata. E aveva fatto un gesto vago verso le cime dove già c'era la neve.

«Non farlo mai più!» l'aveva supplicata Caterina.

Ma era inutile.

Le donne del paese quando la vedevano passare con quella faccia dura, quel groviglio di vipere in testa, la guardavano inquiete e qualcuna si faceva il segno della croce: quella nuova della Caterina, come la chiamavano, era davvero una bambina strana, faceva paura e – diciamo la verità – non era simpatica a nessuno.

Non dava confidenza, non l'avevano mai vista chiacchierare o giocare, a malapena rispondeva quando le si faceva una domanda, aveva quegli occhi freddi che anche se era cieca ti passavano da parte a parte, sembrava che ti potesse guardare dentro. Facevano venire i brividi. E poi una cieca non poteva andarsene a zonzo in giro per i sentieri della montagna come se avesse avuto il bene della vista. Com'era possibile?

Non era una cosa normale, no.

E poi... c'era anche dell'altro: quella bambina sembrava conoscere i rimedi delle erbe meglio delle vecchie del paese: quando Giuditta tornava dalle sue escursioni rovesciava il contenuto della borsa sul tavolo della cucina, suddivideva le erbe che aveva raccolto lungo i sentieri distinguendole al tatto e al profumo, le metteva a essiccare legate in mazzolini e le conservava in barattoli allineati sulla mensola della dispensa.

Una volta che Caterina aveva avuto un fastidioso mal di pancia, Giuditta le aveva preparato un decotto che aveva fatto miracoli e un'altra volta aveva curato una sbucciatura al ginocchio di Tonino che strillava come un'aquila. Un impacco di erbe cotte e fangose e Tonino era tornato a correre come prima.

Timore o no, qualche donna del paese prese l'abitudine di venire a consultare Maria/Giuditta quando aveva un problema e bisogna dire che i suoi intrugli funzionavano quasi sempre. Però...

«Dove hai imparato?» aveva provato a chiederle Caterina.

Lei si era stretta nelle spalle.

Poi erano cominciate a circolare altre voci strane e inquietanti sul suo conto. Il paese era piccolo, le paure e le preoccupazioni portate dalla guerra erano tante, nessuno aveva voglia di stranezze e la bambina nuova di Caterina era troppo diversa.

Un boscaiolo che tutti chiamavano Ughetto, che ogni mattina saliva verso il Canalone con la roncola per andare a tagliare due fascine di sterpi per accendere la stufa, raccontò che aveva visto la bambina, quella nuova della Caterina – come si chiama? – più in alto di dove stava lui per fare legna, nel punto dove il sentiero si biforca e diventa tutto sassi – avete capito?

E già c'era da chiedersi come aveva fatto ad arrivare fino a là.

Era sola?

Sola, sì. Cioè, era col suo cane, le sedeva accanto.

E cosa faceva?

Questo era il punto.

Ughetto raccontò che aveva appena finito di legare le fascine e si era tolto un attimo il berretto, era una mattina umida e bigia e aveva sudato, si era asciugato la fronte, aveva alzato gli occhi e allora l'aveva vista. Era lontana dal punto in cui si trovava lui, d'accordo, ma era sicuro di averla riconosciuta, era la bambina nuova della Caterina, quella un po' strana.

Io ho ancora gli occhi buoni, lo sapete.

Vero.

E poi se non era lei chi poteva essere?

E allora?

Ughetto tentennava, esitava a parlare, non era un pettegolo. Già si era pentito di aver affrontato quell'argomento ma a qualcuno doveva pur dirlo, no? Non poteva tenere per sé una storia del genere.

C'erano due lupi sul sentiero, disse alla fine, due grossi maschi dal pelo fulvo. Erano a pochi metri dalla bambina e dal cane.

Impossibile.

Vi dico di sì.

Talvolta succedeva che i lupi scendessero fino al limite del paese in inverno, venivano a cercare cibo e al mattino si vedevano le impronte nella neve. Bisognava stare attenti a chiudere bene gli animali nelle stalle o facevano razzia. Ma era ancora troppo presto perché succedesse.

E poi mica si facevano avvicinare e nessuno era così pazzo da provarci.

E la bambina?

La bambina stava là, ce li aveva proprio di fronte ma non aveva paura. Nemmeno il cane. Parlava con loro, aggiunse poi Ughetto in fretta.

Parlava coi lupi?

Come è vero Dio.

Silenzio.

Chi poteva credere a una storia così? Ma Ughetto lo conoscevano tutti come un uomo serio, che non beveva, senza grilli per la testa e totalmente privo di fantasia. Perché avrebbe dovuto inventarsela?

In paese continuarono a ripeterla sottovoce e come succede sempre in questi casi ogni volta la storia si arricchiva di qualche particolare.

Caterina intervenne con decisione. «Smettetela di raccontare cattiverie su mia nipote» disse alle comari. «Non vi vergognate?»

Caterina era stimata da tutti, era una donna generosa, sempre pronta ad aiutare chiunque, e poi era la moglie di Sandokan: sono solo sciocchezze, la rassicurarono, non te la prendere.

Però...

Questa storia la sentirono anche Giulio e Tonino e si convinsero ancora di più che Giuditta era una *stria*.

Era cattiva, conosceva le erbe, parlava con gli animali.

Be', non era cattiva, però...

L'aveva vista anche Giulio ma non voleva dirlo a nessuno, nemmeno a Caterina, che se no si arrabbiava, nemmeno a Tonino che se no si spaventava.

L'aveva vista su al pascolo che parlava con le mucche. Quattro bestie si erano avvicinate quando era arrivata lei e le si erano messe tutte attorno. Lei parlava e loro facevano di sì con la testa.

Con i suoi occhi le aveva viste.

E poi vogliamo parlare di Cane Giuseppe?

Cane Giuseppe non aveva mai obbedito a un ordine in vita sua, era un cane anarchico e fannullone che andava, veniva e faceva sempre quello che gli pareva. L'unico ordine al quale obbediva era la sera, quando mamma apriva la porta di casa e gli intimava: «Fuori!». Allora malvolentieri si alzava e raggiungeva la sua cuccia di legno all'esterno.

Per il resto nisba.

Da quando c'era Giuditta le obbediva in tutto e per tutto e non la mollava un attimo, ovunque andasse. Quando lei si alzava al mattino lui era già davanti alla porta che la aspettava e la accompagnava lungo i sentieri. Caterina era contenta, almeno Giuditta aveva una protezione nei suoi vagabondaggi. Cane Giuseppe era un pastore grosso e combattivo e in un paio di zuffe aveva già avuto occasione di farsi valere.

Ma anche questa era una cosa strana.

Poi ci fu l'episodio del vecchio Guido che rischiò la vita e lì c'erano diversi testimoni, avevano visto tutti cos'era successo.

Il vecchio Guido aveva un carro tirato da un cavallone lento e paziente che si chiamava Ulisse e girava la montagna di frazione in frazione, di casolare in casolare, trasportando di tutto. Sacchi di cereali, casse di primizie, vecchi mobili, capre, più di una volta casse di munizioni per i partigiani celate sotto mucchi di letame. All'occorrenza anche persone. Una volta aveva trasportato fino alla Cappella della Vergine delle Nevi una sposa col suo abito bianco, due damigelle col viso incipriato e i pomelli delle guance rossi e un suonatore di fisarmonica.

Un'altra volta aveva portato fino all'ospedale giù in valle Giovanna della frazione La Morra che sembrava che stesse morendo. Aveva impiegato quattro ore perché Ulisse era vecchio e sembrava che non arrivavano mai ma alla fine ce l'avevano fatta e l'avevano salvata la Giovanna.

Era un uomo buono che conoscevano tutti.

Quella mattina il vecchio Guido aveva fermato il carro sul ghiaione prima dell'ultimo tornante. Aveva un carico di rape rosse e nascosti sotto la coperta di Ulisse cinque chili di farina trovati al mercato nero. Le donne erano accorse, era andata anche Caterina con Giuditta.

Nella calma del mattino che era luminoso e fresco qualcosa spaventò Ulisse, forse una vipera gli passò tra le zampe, forse lo punse un calabrone. Il cavallone si imbizzarrì, si impennò in tutta la sua statura, aveva gambe possenti e zoccoli enormi, e il vecchio Guido era proprio là sotto. Cercò di farsi indietro e mettersi al riparo, inciampò, cadde. Il cavallo gli era sopra.

Accadde in un attimo e comunque nessuno sarebbe stato in grado di fare niente.

Non fermi un cavallo imbizzarrito.

Rimasero tutti paralizzati.

Giuditta gridò.

Un grido così Caterina non lo aveva mai sentito, fu breve e violento, lacerante, attraversò l'aria come lo stridio di un grande uccello selvatico.

Ulisse rinculò sospeso sulle zampe posteriori, si girò, ripiombò a terra con gli zoccoli che sprizzarono scintille, sbuffò dalle narici. Giuditta urlò di nuovo: il cavallo raspò la pietraia, si mosse ancora nervoso, agitò la criniera. Giuditta lasciò il gruppo delle comari e andò ad accarezzarlo sul muso e intanto gli parlava all'orecchio. Ulisse si quietò.

Aiutarono il vecchio Guido ad alzarsi, non s'era fatto un graffio.

Anche questa storia fece il giro del paese.

Stria, dicevano tutti.

Però ha salvato la vita al vecchio Guido…

Poi, durante un'escursione, Giuditta scoprì l'Orecchio del Diavolo.

Capitolo 5

«I partigiani dove stanno?» chiese Giuditta col viso rivolto in alto come se avesse potuto davvero vedere la montagna che incombeva su di loro, la macchia scura e frastagliata dei boschi, le nubi basse, le pietraie e le vette su cui c'era già il bianco della prima neve.

«Loro stanno più su,» le spiegò Giulio «al limite del bosco, vicino al crinale della montagna così possono scendere e colpire i tedeschi sia da questa parte che dall'altra. E ogni tanto spostano l'accampamento per non dare punti di riferimento ai nazisti quando salgono a fare i rastrellamenti».

A quelle parole il viso di Giuditta si incupì. «Li fanno spesso?» chiese poi.

«Questa estate non gli hanno dato tregua» spiegò Giulio. «Ci sono due bande di partigiani su questi monti, quella di papà e nella valle accanto quella del Comandante Ciro...»

«Quella del nostro papà è più forte» intervenne Tonino.

«... Fanno spesso le azioni assieme» proseguì Giulio. «Tendono continui agguati ai tedeschi e ai fasci e loro diventano matti. Hanno cercato di farli fuori in tutti i modi ma non li pigliano mai. Arrivano con i camion su per la strada che sale dal fondovalle, quella che hai fatto anche tu, si fermano al Prato Magno, poco più su del paese, mollano i camion e proseguono su per la montagna a piedi, disposti a ventaglio, col mitra imbracciato, e setacciano il bosco, albero per albero, cespuglio per cespuglio. Noi ogni volta sentiamo passare i camion e abbiamo paura. Per papà, soprattutto».

«E i partigiani cosa fanno?»

«Si devono nascondere. Sandokan ha 22 uomini con lui, i tedeschi sono 100, anche di più. Cos'altro possono fare? E poi non hanno nemmeno il tempo di prepararsi, i tedeschi gli arrivano addosso quasi all'improvviso perché la strada, quella tutta curve, è fatta in modo che gira attorno alla montagna e non si sente il rumore delle macchine e dei camion se non quando arrivano alle ultime tre curve ma allora è già troppo tardi per organizzare un agguato. Lassù c'è tutta una rete di gallerie e di cunicoli sottoterra perché una volta c'era una miniera...»

«Una miniera d'oro!» esclamò Tonino tutto eccitato.

«Ma va'!» lo prese in giro il fratello. «Mica era oro! Una miniera di qualcosa, non mi ricordo. I partigiani hanno riaperto le gallerie, hanno nascosto gli ingressi con arbusti e cespugli, i tedeschi non ne hanno mai trovato uno, e quando c'è il rastrellamento ci si vanno a nascondere. Stanno là sotto al buio, ciechi come talpe, con le armi in pugno, immobili, evitando di fare qualsiasi rumore, e sono furibondi perché vorrebbero uscire fuori e combattere, non stare rintanati come conigli, ma non si può. Sentono i tedeschi sopra di loro che frugano e cercano e si chiamano tra di loro e...»

Giulio si interruppe. La faccia di Giuditta si era indurita, aveva chinato il viso e non lo stava ascoltando più.

Avevano camminato per due ore quel pomeriggio, adesso si erano seduti a prendere fiato su un prato disseminato di tane di marmotte e margherite selvatiche. Il vento piegava l'erba che frusciava e aveva ancora un buon odore, le nuvole correvano in alto e ogni tanto li avvolgeva la loro immensa ombra e poi correva via anche quella.

"Parlo troppo" pensò Giulio. "Questa cosa non dovevo dirgliela. Non dovevo parlarle di stare chiusi al buio".

Scemo.

Per fortuna intervenne Tonino.

«Il nome di battaglia del nostro papà» disse orgoglioso «glielo abbiamo trovato noi!»

«E chi sarebbe Sandokan?» chiese Giuditta.

Si vedeva che non gliene importava nulla ma ogni tanto – molto ogni tanto – si sforzava di essere un po' gentile – solo un po' – almeno con Tonino.

«Non sai chi è Sandokan?» esclamò Tonino meravigliato. «È la Tigre della Malesia!»

«Embè?» fece lei.

«È il protagonista dei romanzi di Emilio Salgari» le spiegò Giulio. «È un pirata, un ribelle, buono e generoso, lui difende i deboli contro i prepotenti. Proprio come il nostro papà. E allora quando Tonino gli ha detto…»

«Baggianate» disse lei.

Mise due dita in bocca, fischiò e Cane Giuseppe, che da mezz'ora faceva invano la posta davanti a un nido di marmotte sperando di acchiapparne una, corse subito da lei e le si mise accanto per proteggerla da qualsiasi pericolo. Lei lo grattò.

«Sono storie divertenti,» la rimbeccò Giulio «piene di avventure sul mare, con l'assalto ai galeoni e poi c'è la jungla con tutti quegli animali esotici e i serpenti e...»

Giuditta stava accarezzando Cane Giuseppe e non sembrava molto interessata.

Era magra da far paura e con quella faccia sempre storta e triste.

«Se vuoi...» esitò Giulio «la sera te ne leggo qualche pagina. Vedrai che ti piace».

Lei girò il viso verso di lui.

«Cosa me ne faccio eh?» gli chiese. «Io le cose non le conosco perché non le vedo. Testa di rapa. Io non l'ho mai visto il mare».

«Nemmeno io» borbottò Giulio.

«Non hai mai visto il mare?»

«No».

«E allora come fai a sapere com'è?»

«Me l'ha spiegato Salgari, lo scrittore. Lui usa le parole e tu vedi le cose. Non so come fa. Anche la jungla. È una foresta ma mica come le nostre, è molto più grande, tutta intricata e ci sono piante altissime e delle corde che si chiamano liane che ci puoi restare legato e serpenti e animali coi nomi strani...»

«Giulio le legge anche a me quelle storie» intervenne Tonino.

Giuditta picchiò il bastone in terra e si alzò.

«Andiamo a casa» ordinò.

Si avviò subito nella direzione giusta con Cane Giuseppe a fianco.

"Come accidenti fa a sapere la strada?" si chiese ancora Giulio.

Quando ebbero superato il ponticello in pietra sul torrente, ormai in vista di casa, Giuditta si fermò, tastò il terreno attorno, mosse il bastone.

«Qui c'è un altro sentiero» chiese. «Non me ne avete mai parlato. Dove porta?»

«Questo no» disse Giulio. «Non lo fa mai nessuno. Te lo scordi. Porta in un posto maledetto. Su, proprio dopo il Salto della Capra. C'è una costruzione strana, una specie di muro. Altissimo. Sulla montagna. Nessuno sa cos'è, chi lo ha costruito. È antichissimo, probabilmente è là da sempre. Ma si sentono delle voci. Ci sono gli spiriti. Hanno tutti paura».

«Come si chiama questo posto?»

«Lo chiamano l'Orecchio del Diavolo».

«Voi ci siete mai stati?»

«Sei matta?»

«Domani ci andiamo» annunciò Giuditta e si avviò verso casa.

Quella sera Giulio bussò alla porta della stanza di Giuditta. Sentì un grugnito che forse voleva dire: avanti. Dentro era buio naturalmente, lei non aveva bisogno di luce.

Giulio avanzò cautamente, le notti erano scure ormai e

dalla finestra entrava solo un pallido chiarore che permetteva a malapena di distinguere il profilo degli oggetti.

«Ho pensato che...» cominciò a dire «potevo leggerti qualcosa. Se hai voglia. Non le avventure di Sandokan, però».

«Perché?»

«Meglio il Corsaro Nero. C'è anche una storia d'amore. Alle ragazze piacciono le storie d'amore».

«Bleah!» disse lei.

Giulio aveva portato con sé un mozzicone di candela, lo accese, lo appoggiò sul comodino. Trascinò una sedia accanto al letto. Lei era sotto le coperte fino al naso.

«*Una voce robusta, che aveva una specie di vibrazione metallica,*» cominciò a leggere «*si alzò dal mare ed echeggiò tra le tenebre, lanciando queste parole minacciose: 'Uomini del canotto! Alt o vi mando a picco!'. La piccola imbarcazione, montata da due soli uomini, che s'avanzava faticosamente sui flutti color dell'inchiostro, s'era bruscamente arrestata...*»

«Non capisco niente!» strillò la bambina. «Cosa sono i flutti?»

«Le onde».

«Cosa sono le onde?»

«L'acqua del mare si muove sempre, quelle sono le onde».

«Il mare è nero?»

«No, è azzurro».

«Perché dice che è nero?»

«Perché è notte. Vuoi starti zitta?»

«Non c'era una storia d'amore?»

«Arriva dopo».

«... *I due marinai, ritirati rapidamente i remi, si erano alzati d'un sol colpo, guardando con inquietudine davanti a loro, e fissando gli sguardi su di una grande ombra che pareva fosse improvvisamente sorta dai flutti*».

Giulio continuò a leggere avvolto anche lui da una grande ombra nera come i due marinai, con solo la debole luce della candela che ogni tanto oscillava come se fossero stati davvero su una nave e invece a muoverla era solo uno spiffero che arrivava dalla finestra.

Giuditta non chiese più spiegazioni. A un certo punto, sopra il rumore delle onde che si infrangevano contro le fiancate del galeone del Corsaro Nero, Giulio sentì un leggero russare: Giuditta si era addormentata e forse stava galleggiando sui flutti neri del mare.

Spense la candela.

Capitolo 6

L'Orecchio del Diavolo sorgeva in una piccola radura in cima al monte, dove il vento fischiava giorno e notte, aperta da un lato sul fondovalle e chiusa tutta attorno dal bosco che in quel punto era così fitto e intricato che non ci sarebbe passata nemmeno una volpe.

Era brulla e buia perché anche il sole faceva fatica a filtrare tra le chiome intricate dei lecci e dei castagni e anche se si trovava a nemmeno mezzora di cammino dal paese dava l'impressione di essere un posto estraneo e lontano che non sopportava la presenza di nessuno. Ci si poteva arrivare solo dal sentiero ripido e pietroso che partiva dal torrente e bisognava stare attenti a un passaggio particolarmente difficile circa a metà del cammino che veniva chiamato il Salto della Capra.

Da lassù la vista era straordinaria, si potevano vedere i paesi giù nel fondovalle, il ponte sul fiume sorvegliato dai tedeschi su cui ogni tanto correva un veicolo militare, il reticolo delle strade, i campi coltivati che in quella stagione erano neri e spogli e poi la distesa opaca della pianura con la sua luce strana e le ciminiere delle concerie e delle officine, e se il cielo era sereno anche il profilo incerto e frastagliato della città, lontana, che tagliava l'orizzonte.

In quel posto selvaggio e ostile qualcuno – chissà quando – aveva costruito un muro.

Sembrava altissimo, forse dieci metri, forse di più, e lungo almeno sei, e non era dritto come sono in genere i muri: era concavo, un semicerchio che occupava la maggior parte della radura ed era aperto verso l'immensità dello spazio sottostante.

Era di mattoni ormai rovinati e scheggiati dal tempo e dalle intemperie, sopportava chissà da quanto tempo piogge e neve, il gelo dell'inverno e la calura dell'estate, ma era ancora solido e duro come se fosse stato fatto di acciaio e dava l'impressione che nulla in realtà avrebbe potuto scalfirlo davvero.

Sembrava vibrare nel silenzio assoluto che dominava lo spiazzo e si stagliava contro un cielo di nuvole che quella mattina correvano all'impazzata verso l'orizzonte e facevano muovere le ombre nel fitto del bosco.

"È antico" pensò Giulio guardandolo per la prima volta. "È qua da sempre".

Adesso che lo vedeva stranamente non aveva paura, nonostante tutto quello che gli avevano detto su quel posto maledetto e le testimonianze dei pochi che si erano avventurati lassù ed erano poi tornati in paese raccontando delle voci che popolavano la radura, che ti sussurravano nelle orecchie, ti entravano nella testa, ti ammaliavano e cercavano di prenderti e portarti via.

Erano le voci degli spiriti – dicevano – erano le voci dei morti.

Erano incomprensibili, strane, sibilanti, qualche volta mormoravano come l'acqua nei torrenti, qualche volta sembravano gridare e chiedere qualcosa. No, non era il vento, erano proprio voci.

No, non si capiva niente, solo qualche parola ogni tanto e poi gemiti, lamenti, gli spiriti fanno così perché rimpiangono la vita. Ma qualche volta, si diceva, le voci sapevano farsi capire, ti parlavano e allora era anche peggio.

Un carbonaio era salito lassù qualche anno prima per vedere se si poteva cavare qualcosa di buono da quel posto. Era uno che non credeva a tutte quelle chiacchiere e superstizioni e diceva che erano roba da donnette buone al massimo per spaventare i bambini nelle sere d'inverno, quando ci si trovava nelle stalle per raccontarsi storie più o meno fantastiche e che se lassù incontrava gli spiriti, be', lui sapeva come difendersi.

Era ridisceso in paese che era quasi il tramonto, così pallido e grigio in viso che sembrava lui uno spettro. Dopo un bicchiere di acquavite che non era bastato a ridargli colore aveva giurato di aver sentito la voce della moglie morta sei mesi prima dopo una lunga malattia che gli chiedeva la sua medicina: «Ti prego,» gli aveva detto «portami la medicina». Glielo aveva chiesto tre volte, ed era proprio la sua voce, come avrebbe potuto sbagliare?

E questa era solo una delle storie che si raccontavano di quel posto spaventoso.

Giulio guardava il muro, quella costruzione di cui non si capiva il senso né l'utilità e piuttosto che paura provava una specie di reverenza: sentiva in maniera confusa che quello era un posto speciale che esigeva rispetto, che probabilmente esisteva da sempre e che aveva un misterioso scopo che solo pochi potevano capire.

In quel momento non c'erano voci nella radura, si sentiva solo il fischio del vento.

Tonino era aggrappato a lui e guardava il muro col naso insù e la bocca aperta, doveva sembrargli immenso. Cane Giuseppe anziché correre in giro e abbaiare come avrebbe fatto normalmente guaì e si distese sull'erba col muso tra le zampe.

«Cosa c'è?» gli chiese Giuditta tirandolo per la manica. «Dimmelo!»

Lui provò a raccontarglielo.

Giuditta lasciò cadere il bastone, si avvicinò al muro a passi rapidi, lo toccò incerta, appoggiò le mani su quei mattoni levigati da cent'anni di piogge e di solitudini, poi ci si appoggiò con tutto il corpo come se gli stesse cercando il battito del cuore, lo ascoltò, percorse lentamente tutto il perimetro esterno sfiorandolo coi polpastrelli, parlandogli e accarezzandolo, poi entrò decisa all'interno dell'area delimitata da quelle due specie di immense ali.

«Giuditta, no! Aspetta!» gridò Giulio.

Quello era uno spazio sacro, inviolabile. Lo sapeva anche se non sapeva come faceva a saperlo. Ma era così. Non si poteva entrare dentro la parabola. Era proibito. Era sicuro che le voci, gli spiriti o quello che era, stessero là. Giuditta era entrata dove non si poteva e lui doveva fare qualcosa.

«Giuditta!» chiamò ancora.

Lei non rispose.

Tonino, impauritissimo, lo tratteneva con tutte le sue forze: «Non andare! Non andare!».

«Aspettami qua» gli disse Giulio.

«Non mi lasciare solo!» lo supplicò il fratello.

Giulio si staccò Tonino di dosso e attraversò lo spiazzo lentamente dirigendosi verso il muro. Calò anche il vento, il silenzio era totale, non si sentivano nemmeno gli uccelli del bosco. Si fermarono anche le ombre. Erano le quattro del pomeriggio e già faceva buio.

«Giuditta» chiamò ancora.

Raggiunse il muro, lo aggirò.

Nello spazio racchiuso dal muro, esattamente al centro, c'era un sedile, anche quello di pietra, da cui si dominava la vallata, tutta l'immensità dello strapiombo sottostante.

Era uno spazio brullo, in tutti quegli anni – o in tutti quei secoli – là non era cresciuta un'erba, un fiore, nulla, nemmeno un'ortica selvatica.

Giuditta stava immobile sul sedile, la schiena dritta, gli occhi morti chiusi stretti stretti.

Aveva l'aria assorta.

Era così piccola, così magra, così indifesa che Giulio per la prima volta ne ebbe davvero compassione. Il muro incombeva su di lei enorme e potente e misterioso e pareva che la dovesse schiacciare.

«Giuditta...» provò di nuovo a chiamarla.

Giulio capì che non avrebbe risposto.

Tornò da Tonino e con un impaurito Cane Giuseppe si sedette sull'erba al margine della radura, vicino al sentiero. Aspettarono.

Giuditta stava ascoltando.

Capitolo 7

Dopo quel primo incontro Giuditta cominciò a salire alla radura dove c'era l'Orecchio del Diavolo praticamente tutti i giorni. C'era qualcosa lassù, in quel luogo pauroso e dimenticato, che la attirava in maniera irresistibile, sembrava che non potesse rimanere lontana da quel posto, da quel sedile di pietra protetto dal muro su cui trascorreva le giornate da sola, in ascolto.

Certe mattine ingoiava la colazione in fretta e furia, prendeva il suo bastone, fischiava a Cane Giuseppe, ignorava i richiami di Caterina, attraversava il paese come un'invasata e saliva dal sentiero accanto al torrente.

Spesso non scendeva nemmeno per pranzare, probabilmente si nutriva di bacche e more e di qualsiasi cosa riuscisse a trovare sui monti oppure non mangiava affatto. Tornava a sera. Era sempre più magra e scontrosa. Caterina non sapeva cosa fare.

Era da poco riuscita ad avere uno scambio di messaggi con Oreste, perché ogni tanto una staffetta partigiana raggiungeva il villaggio, in genere di notte, portando notizie ai parenti dei combattenti, tentando, nei pochi minuti che si poteva trattenere, di riannodare i fili di un rapporto che si era interrotto mesi prima perché questa era un'altra delle conseguenze della maledetta occupazione nazista, che le madri non avevano notizie dei figli, se stavano bene, se erano stati feriti, se erano morti – e viceversa.

Caterina gli aveva mandato una lettera tramite la staffetta raccontandogli della bambina – Oreste non sapeva ancora niente – e come stai amore mio? Sono tanto in pena per te e mi manchi, i ragazzi crescono, chiedono sempre di te, specie Tonino.

Dopo un'attesa di più di una settimana aveva trovato la sua risposta in un biglietto che qualcuno aveva nascosto sotto la brocca del latte: sono orgoglioso di te, hai fatto bene a proteggere quella bambina, stai attenta amore mio, dicevi che volevi una figlia, be', adesso ce l'hai, stalle accanto, dai un bacio ai ragazzi, io sto bene, resisti, la vittoria è vicina.

Aveva letto e riletto quel biglietto chissà quante volte e poi l'aveva bruciato alla fiamma della candela perché era troppo pericoloso lasciarlo in giro.

Almeno aveva la consolazione di sapere che Oreste la approvava.

Stare vicina a Giuditta? Sembrava impossibile.

Aveva provato a parlarle, a chiederle che cosa la legasse a quel posto in cima alla montagna, cosa fosse quella ossessione – perché di un'ossessione si trattava – ma lei rimaneva muta, impenetrabile. Continuava ad aiutare Caterina, faceva quello che doveva fare, alla svelta, con meticolosa precisione, e poi correva via.

Andava lassù.

Giulio aveva preso l'abitudine di andare tutte le sere in camera sua a leggerle qualche pagina del *Corsaro Nero*. Era l'unico momento in cui Giuditta sembrava trovare pace, se ne stava buona nel suo letto col lenzuolo tirato fin sul naso e ascoltava storie di arrembaggi e battaglie senza nemmeno interrompere per fare le sue solite domande.

Anche Tonino partecipava a quelle letture notturne, sgattaiolava dietro al fratello, si accoccolava accanto alla sua sedia nella luce incerta della candela e ascoltava con gli occhi sgranati sobbalzando ogni volta che il vento faceva scricchiolare una finestra.

Era il primo a addormentarsi. Quando Giulio sentiva che anche il respiro di Giuditta era diventato regolare, faceva un'orecchia all'angolo della pagina per ricordarsi la sera dopo dov'era arrivato con la storia, spegneva il mozzicone di candela, prendeva suo fratello e lo portava a letto nella loro stanza.

Ma quella sera, appena Tonino si fu addormentato, Giulio interruppe la lettura.

«Dobbiamo parlare» le disse. «Devi spiegarmi che cosa vai a fare tutti i giorni in quel posto. Cosa vai ad ascoltare. Cos'hai sentito la prima volta che ti abbiamo accompagnato. Devi dirmelo perché mamma ci sta male. Lo sai anche tu. E io non voglio che sta male».

Silenzio.

«E ci stiamo male anche io e Tonino».

Silenzio. Fruscii.

«Non è vero» disse una voce da sotto le coperte.

«Sì che è vero. Siamo preoccupati».

«Vi preoccupate per me?»

«Sì, anche se non te lo meriti perché ti comporti in maniera odiosa».

«Non sono odiosa!»

«Sei insopportabile».

«Ogni tanto».

«Ogni tanto sempre».

Alla luce incerta del mozzicone di candela Giulio vide che si dibatteva sotto le coperte da cui spuntavano solo quei capelli che sembravano un nido di vipere. La sentì borbottare tra sé e sé, agitarsi come se stesse per prendere un decisione difficile.

Poi dalle coperte di colpo sbucò tutto il viso, Giuditta si girò verso di lui.

«Vuoi sapere cosa vado a fare lassù? Allora vieni con me domattina. Vieni a sentire. Ma è meglio che non porti Tonino».

«Ci verrò» promise Giulio.

Prese Tonino, il libro, il mozzicone di candela.

Sulla porta si girò a guardarla, si era cacciata di nuovo sotto le coperte.

«Di me puoi fidarti» le disse.

Tonino si agitò nel sonno. Diventava sempre più pesante.

«Ascolta» disse Giuditta.

Giulio chiuse gli occhi e si concentrò. Era seduto accanto

a lei sul sedile di mattoni, esattamente al centro del semicerchio delimitato dal muro e non era per niente tranquillo: a lui quel posto continuava a mettere i brividi ma non voleva far vedere a Giuditta che aveva paura. All'inizio non sentì niente ma poi, all'improvviso, ecco le voci: mormorii, fischi, fruscii, ogni tanto qualche parola chiara, voci che andavano e venivano, che ogni tanto lo accarezzavano e lo sfioravano come un soffio di vento, voci che sembravano chiamarlo per nome e che altre volte invece esplodevano all'improvviso e gridavano e lo facevano sobbalzare. A un certo punto sentì anche un brano musicale, le note di una canzonetta alla moda che svanirono subito nell'aria.

Riaprì gli occhi.

«Cosa sono?» le chiese, e anche se cercava di controllarsi la voce gli tremava un po'.

Giuditta sbuffò: «Mica sono gli spiriti, ci credono solo gli sciocchi. Sono le voci e i rumori che arrivano dalla vallata e dalla pianura, dalla città, forse dal mondo intero…».

«Impossibile!»

«È il muro, è lui che le raccoglie e le concentra qui. Credo che l'abbiano costruito per questo».

«Chi?»

«Non lo so. Ma stando seduti qua si può sentire tutto. Voi credete che i suoni, le musiche, le parole, le cose che si dicono vadano perse e non esistono più, ma non è vero. Girano, girano nell'aria in tondo e prima o poi ritornano. Io qua le sento».

«Non è vero» disse Giulio, ma sapeva che Giuditta non lo

stava prendendo in giro. Non era il tipo. Qualcosa gli ronzò vicino all'orecchio, un bisbiglio che gli diede i brividi, lui cercò di scacciarlo come si fa con una zanzara, ma non era una zanzara.

«Perché vieni qua tutte le mattine?» insistette. «Cosa speri di sentire?»

Giuditta non rispose.

Si alzò una folata di vento improvvisa che fece volare le foglie morte degli alberi, erano i primi giorni di novembre, e portò anche un alito di neve. Durò un attimo poi il vento cessò e nel sottobosco qualcosa si mosse facendo schioccare gli arbusti.

«*Schnell!*» disse una voce. «In fretta!»

Giulio si guardò attorno impaurito ma era la voce dei tedeschi giù a valle che si davano il cambio al ponte sul fiume e che l'Orecchio del Diavolo aveva catturato.

«Spero di sentire loro» mormorò Giuditta così piano che la udì appena.

«Loro chi?»

«I miei. La mia famiglia».

Capitolo 8

«Non so più niente di loro da quando... Mio padre, mia madre, due fratelli. Se sto qua prima o poi sentirò le loro voci, così saprò se sono vivi o se...»

«Cos'è successo quel giorno?» le chiese Giulio e non sapeva se faceva bene o male a farle quella domanda.

Lei si girò a guardarlo in faccia, come se davvero ci vedesse, poi voltò subito il viso dall'altra parte.

«Sono arrivati che ci eravamo appena seduti per la cena» cominciò a raccontare «e papà aveva recitato la benedizione davanti alla tavola apparecchiata. Mamma aveva preparato la zuppa di lenticchie e si sentiva il profumo delle polpettine speziate e l'odore della cera delle candele che non mancavano mai sulla nostra tavola. Io lo sentivo ed era come vedere la fiamma e l'alone di luce sulla tovaglia di lino.

Abbiamo sentito che picchiavano al portone da basso, in strada, prima *pum pum* con i pugni e poi col calcio dei fucili e gridavano. Non si capiva cosa gridavano. Poi il portone si è spalancato di colpo con un rumore come di legno spezzato e abbiamo sentito i chiodi degli stivali che mordevano i gradini di pietra fino al primo piano dove abitavano i Levi. La moglie era un medico dei bambini – come si chiamano? – e lui era un vecchio signore con la barba da capra, lo so perché quando ero piccola mi prendeva in braccio e mi faceva il solletico. Bussavano alla loro porta e adesso sentivamo cosa gridavano...»

«*Schnell!*» disse la voce del capo guardia giù al ponte.

«'Svelti!' Ma dicevano anche: 'Aprite! Aprite subito!', perché c'erano anche gli italiani con loro, i fascisti, quei porci, che gli facevano da guida e indicavano ai nazisti dove stavano le famiglie ebree. Noi abitavamo al quarto piano. La sedia di papà scricchiolò quando lui si alzò in piedi.

'Mamma,' disse con voce molto calma 'porta Giuditta di là. E voi,' aggiunse rivolto ai miei fratelli 'non vi muovete'.

'Ma papà...' protestò mio fratello Beniamino. Beniamino aveva... ha vent'anni, diceva sempre che non potevamo starcene con le mani in mano, a subire, che bisognava reagire. 'Stai seduto' ripeté papà. 'Non possiamo fare niente'.

Non potevamo fare niente. 'Chi vuole un po' di minestra?' chiese papà, e mio fratello Saul che ha quindici anni provò a prendere il piatto e il cucchiaio ma le mani gli tremavano così forte che il cucchiaio continuava a sbattere contro il piatto, non la finiva più. Mamma girò attorno al tavolo, mi prese per mano e mi portò in camera da letto. Sentii scricchiolare l'anta dell'armadio grande che occupava tutta la parete di fronte al letto, poi mi sembrò che mamma stesse spostando i cappotti e gli abiti invernali perché si diffuse un odore di naftalina. Poi un odore di chiuso.

'Qui c'è un nascondiglio' mi disse mamma. 'Non devi muoverti, non fare rumore, quando apriranno l'armadio non devi neppure respirare'.

'Non voglio' le ho detto.

'Devi. E non uscire, anche quando se ne saranno andati, anche quando non li sentirai più, non devi uscire. Anche se hai paura. Anche se hai male. Tornano sempre per controllare se qualcuno si era nascosto. Promettimelo'.

'Voglio stare con voi'.

'Adesso vai a fare pipì, svelta'.

'Non c'è tempo'.

'C'è tempo, sono solo al secondo piano'.

Sono andata in bagno. Quando sono tornata mamma mi ha aiutata a entrare, c'era odore di chiuso, di muffa, di naftalina.

'Voglio salutare tutti' ho detto.

'Lo farò io per te' mi ha detto mamma. Poi mi ha abbracciata forte forte. Ha messo a posto il pezzo di armadio che chiudeva il doppiofondo e ho sentito vagamente che risistemava davanti i cappotti. Era così stretto là dentro che non potevo nemmeno piegare le ginocchia e non c'era aria, era come essere murata viva, non potevo respirare, ero sicura che sarei morta soffocata e ho pensato: Adesso busso e busso e mi faccio aprire, voglio stare con loro. Voglio andare con loro.

I rumori là dentro giungevano così soffocati che non potevo essere sicura di cosa stava succedendo. Erano già entrati? Li portavano via?

Il rumore della nostra porta di ingresso, delle voci ma come lontane.

Forse non gli facevano niente.

Mi sono messa a contare, 1 2 3 4…, e quando arrivavo a 60 tenevo il conto con le dita.

Un minuto, due, tre. A un certo punto mi sono imbrogliata e ho perso il conto, quanti minuti erano passati? 5? 6? Non sentivo niente. Poi il rumore delle ante dell'armadio che venivano aperte, erano là a mezzo metro da me. Bastava che allungassero la mano. Sentii che toglievano i cappotti appesi, il pastrano di papà, la pelliccia di agnellino di mamma e li gettavano in terra. Avrebbero visto l'apertura del doppiofondo, non potevano non vederla. Era là, davanti al loro naso. Il cuore mi batteva così forte che l'avrebbero sentito, respiravo con la bocca spalancata nel tentativo di ingoiare un po' d'aria ma non ce n'era.

'Guardate bene' disse uno dei fascisti. 'Questi ebrei sono pieni di trucchi'. Sentii che tastavano il fondo dell'armadio alla ricerca del nascondiglio. Adesso, adesso mi avrebbero trovata. E allora è capitata una cosa terribile, mi vergogno. Me la sono fatta addosso anche se mamma mi aveva fatto andare in bagno. Ero là in piedi e sentivo la pipì che mi gocciolava lungo le gambe, non riuscivo a fermarla, e quel *plic ploc* delle gocce che cadevano era così rumoroso nel silenzio, così forte…»

«Basta!» disse Giulio. «Basta, non dirmi più niente. Ti fa male».

«No. Poi se ne sono andati. Non potevo essere sicura ma sembrava che se n'erano andati. Volevo uscire da là dentro, muovermi, respirare, vedere cosa era successo a mamma e papà, ai miei fratelli. Ma non potevo. Mamma mi aveva avvertita. Quelli tornano. Sempre. Ma forse questa volta non vengono, forse gli basta quello che hanno fatto. Ho aspettato e aspettato. Non so quanto tempo. Minuti, ore, che ne sapevo. Faceva caldo, sudavo, mi facevano male le gambe a furia di stare in piedi. È passato un sacco di tempo, adesso posso uscire. Non puoi, non puoi.

Poi ho sentito il parquet della camera da letto che scricchiolava, solo quel rumore nel buio e nel silenzio. C'erano dei listelli di legno che si erano allentati, mamma diceva sempre che dovevamo cambiarli. Qualcuno ci stava camminando sopra. Erano tornati. Il cigolio delle ante dell'armadio. Era là davanti a me. Era così vicino che gli sentivo il fiato che sapeva di vino.

'Vieni fuori' mi dice il fascista. 'Lo so che sei là dentro. Esci o smonto tutto e ti trovo comunque'. Esci, esci, esci continuava a dirmi con una voce bassa e roca e non la smetteva più. Per un attimo ho davvero pensato: Sì, esco e facciamola finita. Poi ho pensato: No che non esco, fascista di merda. Lo so che non si deve dire ma l'ho detto lo stesso, va bene? Se n'è andato. O forse no. Ho continuato a rimanere nascosta. Avevo male dappertutto. Ho pensato che stavo ancora giocando a nascondino coi miei fratelli e se riuscivo a stare ferma e zitta per altri dieci minuti non mi avrebbero trovata, ero bravissima a nascondino, riuscivo a intrufolarmi dappertutto e diventavano matti a cercarmi. Non sapevo come contare il passare del tempo. Mi recitavo le filastrocche, ce n'era una che mi divertiva molto, diceva:

Passa un giorno, passa l'altro
Mai non torna il prode Anselmo
Perché egli era molto scaltro
Andò in guerra e mise l'elmo...

La conosci? Ogni tanto mi addormentavo in piedi. Avevo fame. Da quanto tempo ero là dentro? Magari quel fascista tornava una seconda volta.

Resisti solo ancora un po' e poi esci.

Una volta credo anche di aver sognato ma è stato un attimo.

Soltanto ancora un po'.

Poi di colpo mi è venuta l'angoscia per mamma e papà e Beniamino e Saul: cosa gli avevano fatto? Adesso ero sola.

Sono uscita. Ho spinto e spinto fino a quando la porta del nascondiglio non si è aperta, sono passata in mezzo all'odore di naftalina, sono uscita dall'armadio e sono caduta in terra perché le gambe non mi reggevano, erano dure come bastoni e non riuscivo a muovermi. Devi farcela.

... Mise l'elmo sulla testa
Per non farsi troppo mal
E partì la lancia in resta
A cavallo di un caval...

Ho strisciato sul pavimento della camera da letto, sono arrivata in sala da pranzo, per terra era pieno di cocci di piatti e bicchieri, mi sono tagliata un dito, mi sono messa in piedi aggrappandomi alla tovaglia, c'era ancora del pane di quella sera, ormai duro, l'ho ingoiato, invece la minestra di mamma non c'era più – forse l'avevano mangiata i fascisti. Ho bevuto dal rubinetto. Sono di nuovo strisciata fino alla porta d'ingresso, era ancora spalancata, sono uscita sul pianerottolo e non sapevo cosa fare, dove andare, avevo paura a scendere in strada. Sono rimasta là.

I nostri vicini si chiamano Caputo, loro sono italiani e ovviamente non gli avevano fatto niente. La signora Caputo è tornata dal mercato con le borse della spesa, ho sentito l'odore dei porri e dei peperoni. Mi ha vista ed è corsa a chiamare il marito. Mi hanno portata nel loro appartamento. La signora mi ha detto: 'Adesso, povera piccola, ti preparo un bel bagno caldo'. Era la cosa che desideravo di più. Sembra che sono rimasta in quell'armadio per due giorni, ma non so».

Il campanile della chiesa batté dodici colpi, era uscito un po' di sole. L'Orecchio del Diavolo vibrava di brusii indistinti.

«Forse è meglio che andiamo» disse Giulio sottovoce. «Mamma sarà in pensiero».

Giuditta si alzò e lui la prese per mano e la guidò verso l'inizio del sentiero che scendeva a valle, la sorresse quando dovettero superare il Salto della Capra e la tenne stretta fino a quando non entrarono in paese.

Non si sarebbe mai azzardato a fare una cosa del genere ma Giuditta aveva gli occhi pieni di lacrime.

Capitolo 9

Per tutta quella settimana Giuditta non tornò su alla radura dell'Orecchio del Diavolo, passava invece la maggior parte del tempo rintanata in camera sua ed evitava di incontrare Giulio. Quando lui la sera andò come al solito per leggerle qualche altra pagina del *Corsaro Nero*, trovò la porta chiusa. Non era mai successo.

Forse Giuditta si vergognava perché Giulio l'aveva vista piangere.

Piovve per tutta la settimana, un'acqua lenta, ininterrotta, che allagò il cortile e scrosciava giù dalle grondaie, il profilo delle montagne era nascosto da una cortina di fumi, vapori e nuvole basse, i boschi erano neri, i pendii un lago di fango. Sembrava che non sarebbe finita mai. Dopo la pioggia verrà la neve, sentenziavano gli anziani.

Chissà come se la passavano lassù i partigiani nei loro precari rifugi.

Caterina era preoccupata per Oreste, per Giuditta, per i ragazzi, per Tonino che era sempre più pallido e magro, per la guerra che non accennava a finire, per il cibo che non si trovava, e scarseggiava anche il carbone. Una sera mangiarono solo castagne perché non c'era altro e anche nelle case dei loro vicini non si stava meglio, solo la tavola dell'avvocato Briganti era ben apparecchiata – potete stare sicuri – e anche quella di quel ladro del signor Aurelio che imboscava la roba per venderla sottobanco a prezzi impossibili.

Ma Radio Londra che Caterina ascoltava di nascosto tutte le sere diceva che la vittoria finale era vicina, che le truppe del *Reich* erano in difficoltà su tutti i fronti e che la città di Leningrado, là in Unione Sovietica, resisteva ancora eroicamente.

«Sono tre anni che i tedeschi li assediano» raccontava Caterina ai ragazzi. «Gli abitanti di Leningrado non hanno cibo, non sanno come scaldarsi, ma resistono nonostante tutto. Alla fame, al freddo, alle bombe. Possiamo farlo anche noi».

«Resisteremo come Leningrado!» gridava Tonino orgoglioso.

Ma era dura.

Sandokan approfittò della tregua che quel mare di pioggia e fango garantiva per incontrare Ciro, il comandante della Brigata Partigiana che operava sull'altro versante della loro montagna. Ciro era arrivato da quelle parti trent'anni prima da un paese del Sud che guardava il mare, aveva pazientemente sopportato di essere chiamato più o meno benevolmente "terrone", aveva lavorato come un mulo e ormai conosceva la montagna come i montanari del posto che adesso lo rispettavano. Era basso, tarchiato e non aveva paura di niente.

Sandokan lo ospitò sotto un tendone in grado di reggere

l'acqua che continuava a cadere e lo festeggiò con una zuppa calda preparata con le razioni che gli Alleati avevano paracadutato due giorni prima assieme a un carico di coperte militari, munizioni, una mitragliatrice leggera e un chilo di esplosivo al plastico. Ciro portò una bottiglia di vino rosso e quella chissà dove se l'era procurata.

Tra i suoi ragazzi Ciro ne aveva uno, che si faceva chiamare Costantino, che nell'Esercito era stato tra i Guastatori, dove aveva seguito un corso di addestramento sull'uso degli esplosivi, e che assicurava che con un chilo di plastico lui *pim pum pam* quel ponte laggiù a valle lo faceva saltare in mille pezzi e così tagliavano i rifornimenti ai nazi e per ricostruirlo chissà quanto ci voleva.

«È davvero in grado di farlo?» chiese Sandokan.

«Credo di sì» rispose Ciro. «Sembra un ragazzo serio».

«Ma non sei sicuro».

«No. Non abbiamo mai usato l'esplosivo».

Si versarono ancora un po' di vino.

Il CLN chiedeva da tempo di far saltare quel ponte, era un obbiettivo di primaria importanza. Lo sapevano anche i tedeschi che avevano intensificato la sorveglianza. Sentinelle giorno e notte, ronde.

«Si fa?» chiese Sandokan.

«Si fa» rispose Ciro.

Passarono il pomeriggio a discutere, a consultare mappe, a studiare i tempi.

Fu deciso che avrebbero attaccato all'alba, prima del cambio della guardia, quando le sentinelle sarebbero state stordite dal freddo, dal sonno e dalla grappa che avevano bevuto per combattere il gelo e la noia. Ciro con i suoi avrebbe attaccato i depositi accanto alla stazione, dall'altra parte della città, per creare un diversivo e tenere impegnato il grosso delle truppe tedesche. Nel frattempo Sandokan avrebbe conquistato la testa del ponte, eliminato le sentinelle, sistemato le cariche esplosive.

Costantino, che in quell'occasione sarebbe stato aggregato agli uomini di Sandokan, giurava che gli bastavano venti minuti per minare i piloni del ponte. Poi avrebbero acceso le micce che duravano tre minuti e sparato un razzo segnaletico rosso per avvisare Ciro che poteva ritirarsi con i suoi. Sandokan avrebbe fatto altrettanto. Al momento dell'esplosione sarebbero stati abbastanza lontani.

«Quaranta minuti in tutto, forse anche meno. Puoi resistere ai tedeschi quaranta minuti?» chiese Sandokan a Ciro.

«Resisteremo» garantì Ciro.

Brindarono con quello che rimaneva del vino rosso.

Domenica notte Caterina fu svegliata dal boato di un'esplosione.

Si alzò intontita dal sonno, si infilò la vestaglia, che ore erano? In cucina la sveglia indicava le cinque, guardò fuori dalla finestra, la pioggia si era trasformata in nevischio, il buio era ancora fitto ma c'era come un bagliore verso valle.

Di colpo capì: il ponte! I partigiani avevano attaccato il ponte!

La paura le strinse la gola, il fondovalle pullulava di tedeschi, il ponte era sorvegliato giorno e notte, ci sarebbe stata sicuramente battaglia e i partigiani non erano abbastanza numerosi, non erano abbastanza armati. Perché quella pazzia? E dove avevano trovato l'esplosivo? Sandokan era solo o c'era anche Ciro con lui?

"Perché non mi hai detto niente?" pensò. "Perché almeno non mi hai avvertita? Oreste, accidenti a te!"

Ma Oreste non poteva dirle niente, naturalmente, e se anche l'avesse fatto sarebbe stato anche peggio, sarebbe morta per l'angoscia e la preoccupazione in attesa che entrassero in azione. Si affacciò sulla porta sfidando il gelo, non si sentiva niente o forse sì, quelle cos'erano? Scariche di mitra? O era solo il crepitare del vento tra i rami secchi del bosco?

Rientrò. In piedi scalza sulle piastrelle della cucina c'era Giuditta, avvolta in una vecchia camicia da notte di Caterina che le stava troppo larga e lunga, sembrava il fantasma che avevano visto in un albo di Topolino. Giulio e Tonino non si erano svegliati, naturalmente, per loro ci voleva ben altro che un'esplosione.

«Cos'è stato?» chiese Giuditta.

«Il ponte» le spiegò Caterina. «I partigiani hanno fatto saltare il ponte».

Non sapeva cosa fare, era troppo agitata, di tornare a dormire non se ne parlava neanche, tanto valeva accendere la stufa, magari preparare un po' di surrogato di caffè – se ce n'era ancora. Prese qualche legnetto dalla fascina accanto alla stufa ma poi lasciò perdere, come se non sapesse cosa farsene, cercò il barattolo del surrogato e non lo trovò, si accorse che le tremavano le mani e se le nascose in grembo per non far vedere a Giuditta che aveva paura.

Giuditta la prese per un braccio e la obbligò a sedersi.

«Ci penso io» le disse.

Accese il fuoco, sistemò il bricco con la brodaglia che in quel periodo sostituiva il caffè vero, mise una tazza davanti a Caterina. Poi, inaspettatamente, la abbracciò da dietro e le sussurrò: «Vedrai, andrà tutto bene».

Capitolo 10

Era andato tutto storto fin dall'inizio.

Le due Brigate Partigiane erano scese verso il fondovalle da due parti opposte: Ciro aveva seguito i sentieri che l'avrebbero portato direttamente sopra la stazione ferroviaria dove c'erano i magazzini con i depositi di viveri e munizioni dell'esercito tedesco e dov'era acquartierata una parte delle truppe di occupazione.

Avrebbe piazzato la mitragliatrice pesante e quella leggera paracadutata dagli Alleati in modo da tenere sotto tiro la maggior porzione possibile di terreno, distribuito due bombe a mano a ognuno dei suoi – poi non ne avevano altre – e sferrato l'attacco direttamente contro gli alloggiamenti della truppa concentrando là il fuoco incrociato delle mitragliatrici. Bisognava impedirgli di uscire e di organizzarsi perché i tedeschi erano dieci a uno rispetto a loro. Ma Ciro faceva conto sul fattore sorpresa e sul buio.

Sandokan invece con i suoi era sceso dall'altra parte, lungo la strada carrozzabile, quella tutta curve, perché era più semplice e più veloce e perché a quell'ora della notte non c'era pericolo di fare brutti incontri. Solo all'ultimo si sarebbe infilato nel fitto del bosco per arrivare al riparo in vista della testa del ponte e delle sentinelle che lo sorvegliavano.

Avevano scelto quella notte perché aveva finalmente smesso di piovere dopo una settimana ma non erano ancora nemmeno a metà strada che aveva cominciato a nevicare, non forte all'inizio, ma un nevischio fastidioso che andò aumentando di intensità a mano a mano che scendevano verso il fondovalle.

Il giorno prima Sandokan aveva cercato di farsi dare un bollettino meteo dal Comando Centrale ma dalla radio di campo uscivano solo scariche e fischi. Impossibile sentire qualcosa. Avevano deciso di mettersi in marcia ugualmente perché nei mesi successivi l'inverno non avrebbe lasciato spazio per un'azione del genere e quel maledetto ponte andava fatto saltare, e poi quell'impresa – se riusciva – avrebbe dato morale e fiducia agli uomini e alla popolazione delle valli e anche a quelli della città che l'avrebbero saputa grazie ai mille canali clandestini attraverso i quali correvano le notizie. Sapeva Dio se c'era bisogno di fiducia, erano tutti stremati.

E invece nevicava.

«Cosa facciamo, Comandante?» gli aveva chiesto Costantino parlando sottovoce perché gli altri non sentissero. «Non posso accendere le micce sotto la neve».

Tornare indietro e annullare la missione non si poteva perché non c'era modo di avvisare Ciro: se lui sferrava l'attacco senza poi il sostegno della Brigata di Sandokan non aveva scampo, era spacciato. E se invece Ciro decideva di tornare indietro e loro proseguivano…

Un pasticcio.

Ma Ciro sarebbe andato avanti, ne era sicuro, lo conosceva bene.

Ordinò cinque minuti di sosta, il tempo di fumare una sigaretta tenendo il mozzicone nell'incavo della mano perché non si bagnasse. Anche quelle facevano parte del pacco dono degli Alleati.

«Non nevica molto» disse poi. «Forse per quando siamo giù smette».

«E se non smette?»

«Ci arrangeremo. Andiamo, ragazzi».

Tutto storto. Accidenti a quando avevano deciso di entrare in azione senza aver sentito un bollettino meteo. Accidenti. Accidenti. D'accordo, non avevano avuto molto tempo per decidere. O la va o la spacca.

Ci mancava solo quella maledetta neve a complicare le cose.

Ciro imprecò un'altra volta.

L'ultimo tratto del sentiero che portava alla stazione costeggiava una forra che sembrava uno squarcio nel fianco della montagna ed era ripido e scosceso, era un sentiero da capre non da cristiani. I tedeschi un attacco da quella parte non se lo aspettavano, è vero, ma loro dovevano percorrerlo al buio, con la neve che lo rendeva ancora più scivoloso, tirandosi dietro due mitragliatrici.

Ciro aveva già perso un uomo che era caduto slogandosi una caviglia e avevano dovuto lasciarlo indietro, lo avrebbero recuperato al ritorno...

... sempre che non abbiamo tutte le armate del Reich alle calcagna...

... e se Sandokan ha annullato l'operazione?

Ma no, Sandokan non lo avrebbe mai lasciato solo.

... Come si fa a minare un ponte sotto la neve?

Il sentiero fece una giravolta, abbandonò il bordo della forra e all'improvviso, proprio là sotto, comparvero le luci della stazione. La spianata su cui si affacciavano i magazzini e gli alloggiamenti dei militari era debolmente illuminata da un paio di lampioni, il massimo che si poteva concedere alle esigenze del coprifuoco antiaereo.

Abbastanza per distinguere i binari che luccicavano sotto la neve, l'ombra scura di una locomotiva ferma sotto la cisterna dell'acqua e le sagome di quattro camion militari coperti dai teli mimetici.

Era là sotto la stazione ma c'era almeno un altro quarto d'ora di cammino. Erano in ritardo, pensò Ciro, e se Sandokan e i suoi erano già arrivati?

"Dov'è Ciro?" pensò Sandokan e consultò ancora una volta l'orologio da tasca che era il regalo di nozze di Caterina – era stato di suo padre ferroviere – e che lui aveva voluto portare con sé in montagna. Ciro doveva fare una strada più difficile di quella che aveva percorso lui e probabilmente la neve lo aveva rallentato ma mancava poco al cambio della guardia e le nuove sentinelle sarebbero state fresche e riposate dopo una notte di sonno, meno disposte a farsi sorprendere, e loro potevano contare solo sull'effetto sorpresa.

Da dove si trovavano loro, al limitare del bosco, ancora nascosti nel fitto, fino all'inizio del ponte dove c'era la garitta con le sentinelle bisognava percorrere almeno quattrocento metri di terreno scoperto e quella era la parte più pericolosa. Le sentinelle erano quattro e altrettante si trovavano all'altra estremità del ponte. E poi c'era una ronda che passava ogni mezz'ora. L'avevano appena vista allontanarsi.

Avevano solo quella mezz'ora per agire, poi...

Avrebbe lasciato otto dei suoi nel bosco a fare fuoco di copertura intanto che percorrevano la distanza che li separava dal ponte, quattrocento metri sotto il tiro delle sentinelle, altri otto avrebbero conquistato la testa del ponte, preso la garitta e organizzato la difesa quando sarebbero arrivati quelli che facevano la guardia dall'altra parte. Intanto Costantino avrebbe minato il ponte sistemando sui piloni i panetti di plastico che aveva già preparato e che teneva nello zaino con la miccia, i fiammiferi antivento avvolti in un pezzo di tela cerata per difenderli dall'umidità e gli innesti.

Ad aiutarlo ci sarebbero stati Sandokan e un ragazzo che da civile faceva l'elettricista e forse di innesti ne capiva qualcosa o forse no. Anche lui, Sandokan, non ne capiva nulla ma era così quella guerra – prendere o lasciare.

La neve non era diminuita affatto, il freddo bruciava la pelle.

«Bisogna minarlo sotto,» gli disse Costantino «se no la miccia si spegne. E anche così non possiamo essere sicuri...»

«Cosa vuol dire sotto?»

«Che dobbiamo arrampicarci sui piloni sotto il ponte cercando di non cadere in acqua, altrimenti siamo fregati. E ci vuole più tempo».

"Tempo non ne abbiamo," pensò Sandokan "né noi né Ciro. Lui non può resistere più che tanto".

Tutto storto.

In quel momento si sentì il crepitare della mitragliatrice pesante. Ciro aveva cominciato l'attacco.

Capitolo 11

Uscirono di corsa dal bosco, attraversarono la strada e si misero carponi al riparo del muretto che correva lungo il fiume. Sandokan apriva la fila, poi c'erano Costantino e il ragazzo che lo doveva aiutare, poi gli altri, uno dietro l'altro.

Avanti!, fece segno Sandokan.

La notte era buia, fortunatamente, non si distingueva nemmeno l'acqua del fiume che scorreva là sotto, c'era solo il vago chiarore della neve che aveva coperto la strada e il ponte e loro erano confusi nell'ombra. Al rumore degli spari le sentinelle del ponte uscirono dalla garitta in cui erano rimaste rintanate fino a quel momento per sfuggire al freddo pungente, potevano sentirle che parlavano tra di loro a voce alta chiedendosi che cosa stesse succedendo. Al rumore della mitragliatrice pesante di Ciro si aggiunse quello più secco dell'arma leggera e i colpi isolati dei fucili Garand.

Gli uomini di guardia guardavano tutti in direzione della stazione dove evidentemente era in corso un attacco.

«*Partisanen*» li sentirono dire.

Adesso, fino a quando sono distratti.

Sandokan partì di corsa sempre stando basso, gli altri

dietro di lui. Dovevano avvicinarsi il più possibile al ponte prima che le sentinelle si accorgessero della loro presenza, guadagnare terreno prezioso. Cento passi col fiato che gli usciva dalla bocca in grosse nuvole di condensa, gli stivali anfibi che scivolavano sul sottile strato di neve, il *kalashnikov* che batteva contro la schiena. Adesso erano completamente allo scoperto, bastava niente, bastava che a uno dei crucchi là sul ponte venisse il ticchio di girare un attimo la testa e li avrebbe visti nonostante il buio.

Quant'era ancora lontano?

Sandokan scorse una delle sentinelle che rientrava di corsa nel gabbiotto di guardia e girava frenetico la manovella del telefono da campo per chiedere notizie. La garitta era perfettamente visibile perché al suo interno c'era l'unica luce in quel mare di tenebre e splendeva sul ponte come un faro in un porto.

Il tedesco nella garitta provò ancora una volta ad avere la linea, girò di nuovo la manovella, ci rinunciò, si allontanò dal telefono e prima di uscire per unirsi agli altri guardò in basso verso la strada. Sandokan sempre correndo tolse il fucile mitragliatore dalla schiena e lo impugnò.

Il tedesco accostò il viso ai vetri della garitta facendosi schermo con una mano per vederci meglio, poi uscì di corsa gridando: «*Achtung! Achtung! Banditen!*».

Sandokan fece partire una lunga scarica che infranse i vetri del gabbiotto e a quel segnale gli uomini che aveva lasciato nel bosco cominciarono il fuoco di copertura tempestando la testa del ponte e la garitta per proteggere la loro avanzata. Contemporaneamente dalla parte della stazione si scatenò l'inferno: i tedeschi stavano contrattaccando.

Sandokan correva e intanto pregava che Ciro riuscisse a tenere la postazione, che nessuno dei suoi ragazzi si facesse male, che quell'accidente di ponte saltasse per aria e basta, che finisse quella guerra perché lui non era né un soldato né un eroe, era solo uno che faceva il suo dovere, faceva quello che bisognava fare perché voleva vivere libero e tranquillo con la sua famiglia, e voleva che anche i suoi figli vivessero liberi, non chiedeva altro.

... Cosa vai a pensare adesso?

... Pensa a correre. Svelto! Svelto!

Correvano a zig zag per non offrire un bersaglio facile ai nemici, sentivano le pallottole dei mitra tedeschi che mordevano la strada attorno a loro, Sandokan ebbe la visione con la coda dell'occhio di uno dei suoi uomini che si accasciava a terra, forse ferito ma non era sicuro. Sparò di nuovo. Si guardò un attimo alle spalle, c'era uno dei suoi in effetti disteso sull'asfalto in una pozza di neve che si teneva un braccio. C'era troppo buio per riuscire a vederlo in faccia e capire chi fosse.

... Non puoi farci niente. Niente. Lo sai. Lo prendiamo al ritorno.

... Come si fa a tornare con un ferito? E se ce ne saranno altri?

Il ponte!

Il fuoco delle sentinelle si era diradato, sembrava che fosse rimasto in piedi solo un uomo che si era messo al riparo dietro la garitta, ogni tanto sparava una raffica e probabilmente aspettava che arrivassero i rinforzi.

Sandokan si infilò sotto il ponte con Costantino e il ragazzo che lo doveva aiutare, gli altri salirono di sopra e presero posizione perché dall'estremità opposta del fiume stavano arrivando di corsa le sentinelle dell'altro corpo di guardia. Adesso però allo scoperto c'erano loro.

In fretta, dovevano fare in fretta.

Era un vecchio ponte di legno, costruito chissà quando, sorretto da tre piloni, due che appoggiavano sulle rive e un altro in mezzo al fiume.

«Bisogna minare quello in mezzo,» disse Costantino «se no non serve a niente».

Si arrampicò sul pilone della riva, si mise a cavalcioni della trave che lo congiungeva al pilone centrale e si fece passare il suo zaino col materiale che gli serviva. Il ragazzo lo raggiunse. Costantino tolse dallo zaino il grosso rotolo della miccia incatramata e ne diede una estremità a Sandokan.

«Tu aspetta qua» gli disse. «E assicura la miccia a questo pilone, io la srotolo mentre vado avanti. Attento che non si bagni».

Cominciarono a strisciare lungo la trave col grosso zaino che li impacciava.

Il pilone centrale sembrava lontanissimo, Costantino e il ragazzo dovevano procedere lentamente, un pezzo alla volta, srotolando la miccia e fermandosi ogni metro per assicurarla alla trave con dei piccoli ganci. La trave era scivolosa per la neve e l'umidità, sotto di loro scorreva l'acqua del fiume, torbida e silenziosa nell'oscurità, potevano sentire il suo fiato, il freddo che gli entrava nelle ossa. Cadere in acqua voleva dire morire congelati.

Sandokan li seguiva con ansia, sopra di loro era ripresa la fucileria. Fissò la miccia al pilone cercando di farla entrare nelle scanalature del legno per proteggerla ma era un vecchio ponte fradicio, l'acqua della neve disciolta penetrava dappertutto, gli gocciolava in testa, avrebbe inzuppata la corda catramata e allora buonanotte, sarebbe stato tutto inutile.

... Stai attento, concentrati...

Ma aveva nelle orecchie i rumori della battaglia che si svolgeva sopra il ponte e più lontano le esplosioni delle bombe a mano degli uomini di Ciro. Per quanto avrebbero resistito ancora? E lui era bloccato là sotto senza poter stare accanto ai suoi ragazzi.

Il Comando tedesco, là alla stazione, aveva capito che quell'attacco era un diversivo? Che il vero obbiettivo dei partigiani era il ponte? Avrebbe mandato un camion carico di soldati a difenderlo? I suoi uomini che erano ancora nel bosco erano pronti anche a quell'evenienza, con Ciro avevano studiato tutte le possibilità. Ma se...

Quanti minuti erano passati?

Cercò di distinguere qualcosa nel buio sopra il fiume: Costantino e il ragazzo stavano tornando indietro?

«Fatto!» disse Costantino, e la sua voce uscì all'improvviso dalle tenebre, poi gli passò lo zaino, si fece dare due panetti di plastico, li fissò al pilone di terra, il ragazzo sistemò gli innesti, Sandokan srotolò l'ultimo tratto di miccia, la lasciò penzoloni in un punto in cui sembrava che non filtrasse acqua dall'alto.

«Va bene così?» chiese.

«Va bene».

Uscì da sotto il ponte, i tedeschi non sparavano più, il Grigio – era lui? – gli fece segno col pollice: tutto a posto.

«Rientriamo!» gridò Sandokan. «Prendete il ferito!»

«Ce n'è un altro, Comandante» gli disse il Grigio che era uno dei veterani.

«Chi è?»

«Patrizio, il figlio del Robotti, l'oste di...»

Sandokan lo vide che camminava sorretto da due uomini ma era troppo buio per vederlo in faccia e capire come stava.

«Svelti!» ordinò. «Voi tornate nel bosco e cominciate a rientrare coi feriti. Grigio, comandi tu».

Si avviarono.

Sandokan impugnò la pistola lanciarazzi e sparò un bengala rosso che si innalzò nel cielo fumoso e si aprì come un fiore segnalando a Ciro che era tutto fatto e poteva ritirarsi coi suoi.

«Accendi!» gridò a Costantino.

Costantino aveva già in mano i fiammiferi antivento, ne prese uno, lo strofinò contro il pezzo di carta vetrata che aveva portato apposta. La fiammella balenò nel buio, Costantino la accostò alla miccia che sfrigolò, fece un po' fumo, non si accese.

«È umida» disse Costantino. «È troppo umida».

«Riprova!»

Usò un altro fiammifero proteggendolo con le mani a coppa dai fiocchi di neve che il vento spingeva sotto il ponte, lo accostò alla corda catramata...

... niente, non succede niente...

e all'estremità della miccia apparve un puntino rosso, Costantino ci soffiò sopra per ravvivarlo...

... Dai! Dai!...

... Ho solo altri due fiammiferi...

Dai, ti prego...

La corda catramata si accese, per un attimo sembrò che non sarebbe successo niente ma poi la fiamma cominciò a correre lungo la miccia. Costantino e il ragazzo raggiunsero Sandokan.

«Tre minuti allo scoppio, andiamo!»

Dalle parti della stazione la mitraglia non urlava più, si sentivano solo i colpi di fucile con cui Ciro e i suoi si coprivano la ritirata.

"È fatta" pensò Sandokan. "Alla fine è andato tutto liscio. Ho due feriti d'accordo ma non sembrano gravi e..."

Adesso dovevano solo rientrare prima possibile al loro accampamento.

Erano quasi a metà strada dal bosco quando Costantino si girò.

«Si è spenta» disse. «La miccia si è spenta».

Tutto storto. Si era capito subito. Quella neve.

Quanto ci avrebbero messo i tedeschi a piombargli addosso?

Sandokan disse al ragazzo: «Tu adesso corri nel bosco e raggiungi gli altri. Subito».

Il ragazzo provò a dire qualcosa e poi obbedì, perché aveva diciotto anni e fino a poche settimane prima faceva l'elettricista.

Lui e Costantino invece tornarono indietro nella neve e nel vento e nello stesso momento videro la camionetta della ronda tedesca che arrivava sciabolando il buio con i fari.

... *È finita.*

«Riaccendila» disse a Costantino e non c'era bisogno perché già lui procedeva verso il ponte a grandi salti come una capra di montagna.

Sandokan pensò: "Caterina", impugnò il *kalashnikov* e avanzò verso la camionetta sparando raffiche lunghe e regolari. Non sapeva quanti fossero a bordo. Continuò ad avanzare e a sparare, incurante dei proiettili dei tedeschi che gli fischiavano accanto e sollevavano spruzzi di fango sulla strada vicino a lui, avanzava e sparava, sentiva la neve che gli incrostava la barba e un sapore di sangue in bocca perché si era morso le labbra.

Sparò fino a quando dalla camionetta ormai ferma di traverso in mezzo alla strada come un animale ferito non rispose più nessuno. Un faro era esploso, l'altro era tutto sbilenco e puntava verso il cielo dove non illuminava un bel niente.

Sandokan odiava uccidere, era una cosa che gli aveva sempre fatto orrore, era una cosa che – lo sapeva – non si sarebbe mai perdonato del tutto. È vero, c'era la guerra e lui faceva quello che doveva fare, ma non se lo sarebbe perdonato lo stesso e pregò che una cosa del genere non toccasse mai ai suoi figli.

Costantino aveva riacceso la miccia, lo raggiunse, vide la camionetta e vide Sandokan il Comandante che restava immobile in mezzo alla strada col mitra penzoloni e guardava i corpi sparsi nella neve, lo prese per un braccio, arrivarono al bosco, dopo un po' si congiunsero agli altri.

Avevano appena cominciato a salire lungo un sentiero perché a quel punto fare la strada camionabile era troppo pericoloso, quando il ponte saltò e fece un botto che avrebbero sentito tutti anche su, ad Acquadolce.

Non si girarono nemmeno.

Capitolo 12

La neve che era caduta durante l'assalto al ponte si sciolse già il giorno successivo.

I vecchi del paese continuavano a predire grandi nevicate in arrivo in base a come andavano i loro dolori reumatici o al volo delle cornacchie o a come si addensavano le nubi sul Canalone Grande – ognuno aveva i suoi metodi – ma venivano sempre smentiti: era quasi dicembre, faceva molto freddo ma quell'anno la neve si faceva attendere.

Caterina trovò il solito bigliettino sotto la brocca del latte con cui Sandokan la informava che era andato tutto bene. Due righe appena. Se lo girò e rigirò tra le mani. Andava davvero tutto bene? Era inquieta: sapeva che i tedeschi non avrebbero accettato la distruzione del ponte senza reagire, senza fare una ritorsione, per loro era un grave affronto, uno schiaffo alla grandezza del *Reich* da parte di un manipolo di banditi, come li chiamavano loro. Si erano fatti cogliere impreparati, avevano subito molte perdite, si sarebbero vendicati.

In molte case di Acquadolce il giorno dopo il botto si erano stappate le ultime bottiglie di vino per brindare all'azione dei partigiani ma la domenica mattina in piazza davanti alla chiesa l'avvocato Briganti aveva pronunciato parole di fuoco contro i traditori della patria e auspicato che qualcuno ristabilisse al più presto l'ordine e la legalità, ne avrebbe parlato lui personalmente a chi di dovere.

Aveva parlato a voce molto alta in modo che tutti lo potessero sentire. Alla fine del suo discorso qualcuno – non si seppe mai chi – aveva fatto una sonora pernacchia e l'avvocato se n'era andato rosso in faccia accompagnato dalla sua signora che distribuiva in giro occhiate di fuoco.

Giuditta riprese le sue escursioni all'Orecchio del Diavolo, adesso Giulio sapeva perché lo faceva ma aveva capito che quello che Giuditta gli aveva raccontato quel mattino era una cosa che doveva rimanere tra loro due e che non era il caso di tornare sull'argomento. Rincominciò invece a leggerle le avventure del Corsaro Nero la sera a lume di candela ma adesso la grande novità era che alcune righe le leggeva Tonino, sillabando e storpiando le parole, ma era orgogliosissimo.

La signorina Silvia faceva davvero miracoli.

«Vieni anche tu a scuola domani» le propose Giulio. «La signorina ci racconterà l'avventura di Ulisse col Ciclope Polifemo».

«E chi sarebbe?» chiese lei.

«Ulisse» spiegò Giulio dandosi importanza «è il protagonista dell'*Odissea* che è un poema di tanto tempo fa, ma tanto davvero. Ulisse è un Re che torna da una guerra, vaga per il mare e vive un sacco di avventure in attesa di tornare a casa nella sua isola dove lo aspetta una moglie fedele...»

«Da quanto lo aspetta la moglie?» chiese Giuditta.

«Dieci anni!» rispose Giulio a colpo sicuro.

«Bleah!» disse lei.

«Il Ciclope è un gigante con un occhio solo» si intromise Tonino che mentre studiava l'abc con un orecchio ascoltava cosa facevano i grandi e quella storia del Ciclope lo aveva davvero intrigato.

«Vieni» insistette Giulio. «Solo per sentire, solo una volta. Che ti costa?»

«Vieni! Vieni!» strillò Tonino.

La mattina dopo, sotto gli occhi di una incredula Caterina, Giuditta andò a scuola scortata dai due fratelli, venne presentata alla signorina Silvia, grugnì qualcosa che assomigliava a un buongiorno e andò a rintanarsi nell'ultimo banco in fondo al vecchio granaio pronta a prendere a cazzotti chiunque l'avesse presa in giro.

Non la prese in giro nessuno.

La storia di Ulisse rinchiuso nella caverna e del Ciclope che si mangiava i suoi compagni a colazione era davvero forte. Ma quando la signorina Silvia arrivò al momento decisivo in cui Ulisse cerca di salvarsi ubriacando il Ciclope che si scola un'intera giara di vino, si interruppe sul più bello.

«Volete sapere come va a finire e se Ulisse si salva?» chiese. «Sì? Venite domani».

E così Giuditta tornò anche il giorno dopo e poi tornò un'altra volta per sapere com'era che la Maga Circe trasformava gli uomini in porci e un'altra volta ancora per ascoltare il canto delle Sirene.

«Chi ha scritto queste cose?» chiese alla signorina Silvia al termine della lezione dopo aver aspettato che tutti gli altri fossero usciti.

«Un antico poeta greco che si chiamava Omero» le spiegò Silvia. «Era cieco».

Così Giuditta cominciò ad alternare le sue mattine tra la scuola dove andava ogni tanto e il sedile di pietra su all'Orecchio del Diavolo dal quale comunque non sapeva staccarsi. Qualche giorno dopo quella prima volta la signorina Silvia disse a Giulio e Tonino di andare pure a casa e chiese a Giuditta di restare ancora un po'.

«Ieri mi sono fatta accompagnare in città» le disse. «Non è stato facile, ho dovuto girare non so quanti posti ma alla fine l'ho trovato. Ecco, è per te», e le mise in mano un oggetto che, al tatto, sembrava un libro.

«Cos'è?» chiese Giuditta.

«È il poema che stiamo leggendo,» le spiegò Silvia «l'*Odissea* di Omero. Questo è un libro speciale, è scritto in modo che possano leggerlo anche i ciechi».

«Io non posso leggere!» strillò Giuditta.

«Sì che puoi. Dammi il dito. Appoggialo sulla pagina. Fallo scorrere. Senti questi puntini in rilievo? Li senti?»

«Sì».

«Questi puntini formano le lettere dell'alfabeto secondo un sistema particolare. Si chiama Braille dal nome dell'inventore. Capisci? Puoi leggere con le dita».

«Non si può!»

«Sì che si può».

Giuditta rimase in silenzio, la fronte corrugata. Sentiva il profumo della signorina Silvia, l'odore di pulito dei suoi abiti, un vago sentore del fieno e del grano che un tempo erano stati ammassati in quel posto, sentiva il freddo che le mordeva le orecchie, sentiva quei puntini sotto le dita che non le dicevano un bel niente e stava cercando di capire se poteva fidarsi o se la maestra la stava prendendo in giro, se faceva così per poi farle fare brutta figura davanti a tutti.

Ma la signorina Silvia all'inizio delle lezioni non faceva fare il saluto al Duce e questo era senz'altro un punto a suo favore, e quelle poche volte in cui Giuditta era andata a scuola non l'aveva mai sentita prendere in giro nessuno o fargli fare brutta figura davanti agli altri e nemmeno l'aveva sentita rimproverare qualcuno – e sì che in quella classe di zucconi ce n'erano.

Fece scorrere ancora il polpastrello sulla pagina, indecisa. Non era la prima volta che toccava un libro, aveva maneggiato quelli di papà e dei suoi fratelli, a casa avevano una biblioteca ben fornita, ricordava il fruscio e l'odore della carta, quello del cuoio della rilegatura, della costola coi caratteri incisi col titolo e il nome dell'autore.

Ma questo, diceva la signorina Silvia, poteva leggerlo anche lei.

«Come si fa?» le chiese con un filo di voce.

«Non lo so» le rispose Silvia. «Ma possiamo imparare questo alfabeto insieme, se ti va. Secondo me non è così difficile».

Giuditta aveva fatto segno di sì con la testa.

Da quel giorno ogni pomeriggio la signorina Silvia andava a casa di Caterina, accettava una tazza di tè – se ce n'era – e poi si sedeva al tavolo della cucina con Giuditta a cercare di imparare quello strano alfabeto. All'inizio facevano una gran confusione e si mettevano a ridere.

Ma Giuditta imparava alla svelta, molto alla svelta, riuscì a leggere il Braille come aveva imparato a riconoscere le persone del paese e i sentieri della montagna. A una velocità stupefacente.

Al mattino in genere tornava su in montagna, al pomeriggio dopo aver studiato con la signorina Silvia rimaneva ore e ore in cucina a fare allenamento e a memorizzare la disposizione di quei sei puntini con cui venivano composte tutte le lettere dell'alfabeto. Probabilmente studiava anche di notte.

Dieci giorni dopo appena la signorina Silvia fu entrata dicendo: «Che freddo!», Giuditta aprì il libro dell'*Odissea* alla prima pagina, mosse i polpastrelli e sillabò:

... Musa, quell'uom di multiforme ingegno
Dimmi, che molto errò poich'ebbe a terra
Gettate d'Ilio le sacre torri...

«Cosa vuol dire 'Ilio'?» chiese.

Capitolo 13

La mattina del 13 dicembre la signora Amalia uscì nell'orto davanti a casa per vedere se erano rimaste delle patate da raccogliere per il pranzo o qualche foglia di cavolo o di verza, qualsiasi cosa che si potesse mettere in pentola e bollire per ricavarne una zuppa calda.

Era una giornata fredda e disperata, il vento che soffiava giù dai canaloni ricopriva tutto con una coltre di ghiaccio, il cielo era pesante e solido come una lastra di piombo, gli alberi dei boschi si drizzavano neri e morti, affollati di cornacchie che urlavano nel silenzio. Un deserto, erano tutti chiusi in casa a cercare di riscaldarsi davanti alla stufa.

La signora Amalia era una vedova che viveva da sola, aveva un unico figlio maschio che era su in montagna a combattere con Sandokan e amen, cosa poteva farci lei?

Avrebbe preferito averlo là a casa vicino a lei, naturalmente, così non avrebbe passato le notti sveglia, avviluppata in due scialli per combattere il gelo, a pensare a lui e alla guerra che forse glielo avrebbe portato via senza neppure poterlo rivedere.

E poi l'avrebbe aiutata con l'orto, sarebbe andato a fare

legna per la stufa e riparato il tetto che ne aveva bisogno, c'erano delle tegole che si erano spostate, a questo servivano i figli, lei ormai era vecchia e con le gambe gonfie, non ce la faceva più.

Forse crescendo il ragazzo sarebbe diventato uguale a suo padre che era morto tanti anni prima, il povero Ettore, già adesso gli assomigliava molto, aveva gli stessi occhi e la stessa testa dura.

La signora Amalia si inginocchiò gemendo per il mal di schiena, scavò con la zappetta nella terra gelata, trovò tre patate che mise in un vecchio catino smaltato, cercò di rimettersi in piedi sbuffando e vide Maria, quella nuova della Caterina, che arrivava di corsa lungo la strada scivolando sul ghiaccio, battendo all'impazzata il suo bastone di qua e di là, i soliti capelli scarmigliati al vento – doveva aver perso il berretto.

Quella bambina, lo sapevano tutti, non era normale, passava le giornate a girare su per i monti con quel gelo, andava anche in quel posto maledetto dove c'erano gli spiriti, e si diceva che parlasse coi lupi. Ad Amalia – a dire il vero – faceva un po' paura.

Doveva essere successo qualcosa perché Maria aveva le ginocchia che sanguinavano – si vedevano sotto il vestito strappato che spuntava dal cappottone – si era ferita anche a una mano e aveva un taglio sul mento. Doveva essere caduta – per forza, era cieca e andava ugualmente in giro per i sentieri. Ma come faceva? Perché glielo permettevano?

Sembrava fuori di sé, correva e urlava: «Chiamate Caterina! Chiamate Caterina!».

La signora Amalia riuscì a rimettersi in piedi, Maria le passò davanti di corsa, disperata, non fece nemmeno in tempo a fermarla, a dirle qualcosa, a chiederle: ti serve aiuto?

Poi all'improvviso la signora Amalia pensò: "Oddio, è successo qualcosa ai partigiani!". Non sapeva perché le era venuto proprio quel pensiero, forse perché Caterina era la moglie di Sandokan e allora... Il catino con le patate del pranzo le cadde di mano. Cercò di seguire Maria ma dove andava con quelle vecchie gambe?

Caterina sentì gridare, uscì, vide arrivare Giuditta urlante e scarmigliata, sporca di sangue, le corse incontro spaventata. «Cosa è successo?» le chiese, ma Giuditta la prese per un braccio, la trascinò in casa, chiuse la porta.

«I *todeschi*» disse in fretta, senza nemmeno riprendere fiato. «Stanno arrivando i *todeschi*. Ero su. Li ho sentiti, le voci, il motore dei camion. Sono scesa subito. Bisogna avvertire Sandokan. Hanno i cani. Ho sentito abbaiare. Coi cani li troveranno, troveranno i rifugi sotto terra».

Caterina sentì il cuore che le balzava in gola. I cani avrebbero fiutato gli uomini nascosti nelle vecchie gallerie, non avrebbero avuto scampo. Lo sapeva che dopo l'episodio del ponte i tedeschi non l'avrebbero fatta passare liscia ai partigiani e si sarebbero vendicati. Si guardò attorno, si sentiva la testa vuota, non sapeva cosa fare, provava solo una grande, incontrollabile paura.

«Vado a cercarli» disse. «Vado su e li avverto. Devo fare in fretta».

Prese gli stivali, si sedette per infilarseli e si accorse che le tremavano le mani.

«Il mantello, dammi il mantello, non lo trovo».

«Non farai in tempo» disse Giuditta. «Loro stanno per partire, arriveranno prima di te».

«Correrò».

«Impossibile».

«Ce la farò» insistette Caterina. «Dobbiamo fare qualcosa, non possiamo starcene qui...»

Giuditta aveva ragione e lo sapeva, non sarebbe mai riuscita ad arrivare in tempo all'accampamento dei partigiani, erano troppo in alto, la montagna era un mare di fango scivoloso, non le avrebbero retto le gambe. Ma il suo uomo era in pericolo e non poteva abbandonarlo così...

«Scrivigli un biglietto» le disse Giuditta.

«Che cosa?»

«Svelta!»

Le obbedì, c'era in Giuditta come al solito una determinazione feroce.

Giuditta aprì la porta, si mise due dita in bocca, fischiò. Cane Giuseppe arrivò subito. Lei si accoccolò sui talloni, accostò la testa all'orecchio del cane e cominciò a parlargli fitto fitto. Ogni tanto gli indicava qualcosa.

Caterina la guardava stupefatta.

«Dammi il biglietto» le disse Giuditta.

Lo arrotolò stretto e lo infilò sotto il collare del cane.

«Vai da Sandokan» gli disse. «Corri!»

Il cane abbaiò due volte, girò su se stesso come per trovare la direzione giusta, poi partì di slancio, lasciò l'abitato e si inerpicò direttamente sul fianco della montagna, Caterina lo seguì con gli occhi, lo vide apparire e scomparire tra i tronchi scheletrici del primo bosco, poi non lo vide più.

«Ma come hai fatto?» chiese a Giuditta.

Lei si strinse nelle spalle.

Cane Giuseppe era un pastore, aveva delle zampe grosse così, era forte. Ma come avrebbe fatto a trovare l'accampamento dei partigiani? E poi comunque non avrebbero fatto in tempo a fermare la colonna dei tedeschi lungo la strada dove c'erano dei punti adatti a un'imboscata, avrebbero dovuto affrontarli su al Prato Magno, praticamente in campo aperto.

Prese l'alcool, una pezza pulita, delle bende e disinfettò le ferite di Giuditta, aveva le ginocchia piene di terra e un brutto taglio sotto la bocca che sanguinava parecchio. Le mise un cerotto.

Aspettare, non si poteva fare altro.

Nella cucina silenziosa si sentiva solo il ticchettio della vecchia sveglia e ogni tanto lo schioccare della legna nella stufa. Caterina immaginò la colonna di camion tedeschi che saliva lentamente la strada affrontando un tornante dopo l'altro e il ringhio feroce dei cani tenuti al guinzaglio. Erano cani addestrati, si sapeva che i nazisti li usavano anche contro i prigionieri e nei campi di concentramento.

Giuditta sedeva immobile davanti alla finestra con quel suo modo strano di guardare fuori anche se non ci vedeva.

"Meno male che i ragazzi sono a scuola" pensò Caterina. "Almeno loro si risparmiano questa angoscia".

Dov'era in quel momento Cane Giuseppe?

Poi udì il rumore dei motori che si sentiva solo quando un veicolo affrontava le ultime tre curve prima di arrivare al paese. Uscirono, videro che sulla strada c'erano tre camion chiusi da un telone mimetico, superarono il paese e proseguirono. Fino al Prato Magno c'erano ancora quattro chilometri, là i nazisti avrebbero lasciato i camion, sguinzagliato i cani e risalito il pendio della montagna disposti a raggiera, coi mitra spianati, in modo che nessuno potesse sfuggirgli. I cani avrebbero annusato in giro, scavato il terreno con gli unghioni e latrato per richiamare l'attenzione dei soldati.

Caterina vide la signora Amalia che veniva verso di loro, camminando piano con le sue grosse gambe malate sulla strada gelata, le raggiunse che aveva il fiato grosso per la fatica.

«Come sta la bambina?» le chiese.

«Non è nulla» rispose Caterina.

La signora Amalia si sedette anche lei sul muretto da cui si poteva vedere l'ultimo tratto della strada. «Vanno da loro, vero?» domandò con un filo di voce.

Caterina annuì.

"È una questione di cani" pensò amaramente. "I tedeschi hanno i loro super addestrati e noi invece dipendiamo da un cane buono a nulla che non ha mai obbedito a un ordine in vita sua".

Forse un giorno, ricordando quell'episodio, ne avrebbero riso. Ma era difficile in quel momento pensare al futuro, era come se non ci fosse, contava solo la mezz'ora successiva.

I camion ormai dovevano essere arrivati al Prato Magno.

Cane Giuseppe chissà dov'era finito.

Assurdo, assurdo pensare che Giuditta avesse questo potere di parlare con gli animali, erano favole che potevano andare bene solo per le beghine del paese.

Un giorno forse avrebbero riso anche di questo.

Poi il vento portò il *ta ta ta ta* della mitragliatrice leggera, quella paracadutata dagli Alleati.

Capitolo 14

Cane Giuseppe tornò che stava facendo buio, zoppicava, aveva l'aria fiera e molto orgogliosa e attorno al collo portava annodato il fazzoletto coi colori della Brigata Partigiana.

Dentro al fazzoletto c'era una lettera di Sandokan che Caterina e i ragazzi lessero tutti assieme seduti attorno al tavolo della cucina. Caterina, dopo lo spavento, aveva deciso che bisognava festeggiare e aveva preparato il *vin brulè* con dentro zucchero (poco perché non ce n'era), un rimasuglio di cannella, due chiodi di garofano e una mela tagliata a pezzettini. Scottava come un tizzone d'inferno e dopo averne bevute due dita erano tutti un po' brilli, però scaldava la pancia e il cuore e faceva bene.

«*... Abbiamo sempre considerato Cane Giuseppe un fannullone buono a nulla,*» lesse Caterina a voce alta «*e invece si è comportato da eroe, è venuto su dritto dritto arrampicandosi sul fianco della montagna, ha superato forre e canaloni, non si è fatto fermare da niente e quando è arrivato dov'era di guardia il Marione – la nostra prima sentinella – aveva le zampe che sanguinavano...*»

(Applausi e coccole per Cane Giuseppe che non credeva ai suoi occhi).

«*... per cui abbiamo deciso di arruolarlo nella Brigata come staffetta...*»

(Triplice hurrà, cagnara tremenda).

«... *Grazie a lui*» continuò a leggere Caterina «*abbiamo fatto in tempo a fermare i tedeschi e i fascisti giù al Prato Magno. Non è il posto migliore per dare battaglia ma non avevo scelta. Per prima cosa ci siamo preoccupati di eliminare i cani e mi è dispiaciuto ma se fossero arrivati là dove abbiamo i rifugi... Ho due uomini feriti, purtroppo, che si aggiungono a quelli del ponte. Li porteremo a... da quel dottore di cui non faccio il nome che cura i partigiani feriti e se serve li ricovera in un piccolo ambulatorio allestito nella sua cantina dove ha sistemato tre brande, un lavandino e quel che serve. Questa guerra ha un prezzo sempre più alto, noi siamo stremati ma non molleremo. Moglie mia adorata...*»

Caterina smise di leggere.

«Vai avanti, dai!» strillarono i ragazzi.

«Sono cose per me» rispose lei. «Non vi riguardano».

(Fischi, *buuuuuh*, risatine. Caterina era rossa in faccia).

«Smettetela e sentite cosa dice:... *Sembra sicuro che a primavera gli Alleati sbarcheranno e la guerra finirà. I nazisti sono in difficoltà ovunque. Vinceremo e poi potremo costruire un paese più giusto e vivere finalmente in pace. Potrò tornare da voi, saremo di nuovo una famiglia e finalmente potrò conoscere questa bambina nuova, Giuditta. Non vedo l'ora. È tutto merito suo se siamo scampati al rastrellamento...»*

«Sta parlando di me!» strillò Giuditta.

«Non è stato merito tuo» le disse Tonino. «Il merito è tutto di Cane Giuseppe».

«È il mio cane!» lo rimbeccò lei.

«È il nostro cane!» gridarono in coro gli altri due.

«Silenzio voi!» li richiamò Caterina. «Dice che... Oh, mio Dio. Non ci credo. È troppo bello. Non può essere vero».

«Cosa dice?»

«Dice... che a Natale scenderanno in paese, papà e gli altri, che potranno stare a casa per un paio di giorni, che non c'è pericolo perché la neve bloccherà i tedeschi, che finalmente staremo un po' insieme...»

«Papà ritorna?» chiese Tonino.

«Solo per qualche giorno, tesoro, ma sarà bellissimo. Oddio!» strillò Caterina tutta agitata. «Bisognerà pulire e cosa mangeremo a Natale, non c'è niente, e bisogna avvertire don Mario che alla messa di mezzanotte ci saranno anche loro e avvertire le altre famiglie e poi...»

Tonino e Giulio saltarono in braccio a Caterina, anche Giulio che per queste cose ormai era grande. Giuditta rimase seduta al suo posto.

«Vieni anche tu» le disse Caterina.

Anche lei si rannicchiò in braccio a Caterina e poi spinse giù a gomitate gli altri due.

Si azzuffarono per un po'.

Quella sera, al momento di andare a letto, Caterina prese una vecchia coperta mangiata dalla tarme e la sistemò davanti agli ultimi bagliori della stufa.

«Puoi dormire qua» disse a Cane Giuseppe che era già davanti alla porta.

Lui guardò la coperta incredulo, la annusò, raspò con la zampa, sbirciò Caterina e infine si sdraiò con un uggiolio di soddisfazione.

Scoprirono nel corso della notte che Cane Giuseppe russava in maniera tremenda.

Arrivò la neve finalmente, cadde per quattro giorni e quattro notti a grandi fiocchi lenti, senza fermarsi mai, ricoprì tutto e quando cessò, in un sussurro, fin dove arrivava lo sguardo si vedeva solo la coltre bianca che sembrava infinita e che di notte splendeva sotto la luna come nelle fiabe, anche giù nella valle, anche lontano verso la pianura immobile, anche verso la città fumosa di ciminiere. Era sparita la strada sinuosa dai mille tornanti, erano scomparsi i sentieri e le forre, a valle si distinguevano a malapena lo spezzone del ponte ferito dall'attacco dei partigiani e sotto il fiume che si era ingrossato e correva veloce. Non c'erano più i binari della ferrovia né i magazzini e nemmeno le pattuglie tedesche, grazie a Dio.

Una notte, dopo che Giulio le ebbe letto il solito capitolo del *Corsaro Nero* – ormai l'avevano quasi finito – si appiccicarono tutti e due col naso contro il vetro freddo della finestra e lui le raccontò il paesaggio, quella luce anche di notte che permetteva di distinguere benissimo il pozzo nell'angolo del cortile e la strada al di là del muretto e il nero fondo del cielo così pulito che le stelle brillavano più del solito e sembrava che dovessero rotolare giù da un momento all'altro.

Giuditta scoprì il silenzio immenso e innaturale delle montagne e della valle, perché la neve zittiva anche i corvi e catturava i rumori come una carta assorbente fa con l'inchiostro, e pensò che era un silenzio puro come un cristallo – lei un cristallo non l'aveva mai visto ma sapeva che era trasparente e fragile, proprio come quella assenza di rumori.

Scoprì anche che per lo stesso motivo – nonostante le sue doti straordinarie e la sua grande sensibilità – non era possibile individuare in che punto del cortile si trovasse esattamente il cecchino che la centrava con una palla di neve sulla testa non appena metteva il naso fuori dalla porta. Però imparò che se rimaneva ferma e zitta il vile aggressore non riusciva a trattenersi e si sbellicava dalle risate facendosi individuare. A quel punto scattava la rappresaglia e il nemico se la vedeva brutta dato che Giuditta riusciva a formare le palle di neve e a lanciarle con la velocità di una mitragliatrice pesante.

Imparò anche che rientrare in casa tutta bagnata, con gli stivali coperti di neve, e lasciare una pozza d'acqua sul pavimento della cucina non era affatto una buona idea.

Furono giorni frenetici: Caterina, agitatissima per l'imminente arrivo di Sandokan, mise tutti al lavoro per pulire la casa a fondo. Lavò, spazzò, strofinò, staccò le tende, sbatté materassi e coperte col battipanni usandolo occasionalmente anche sul sedere di chi batteva la fiacca, in una confusione di secchi, scope e strofinacci aumentata da Cane Giuseppe che, grato per essere stato accolto in casa, si metteva sempre in mezzo con scarsi risultati. Quando ebbero finito si guardò attorno, disse che non andava bene niente e ordinò di rincominciare da capo. La truppa si ammutinò.

Fece il giro delle famiglie che avevano un ragazzo in montagna per avvertire che sarebbero arrivati, si mise d'accordo con don Mario, guardò cupa verso il castellotto dell'avvocato Briganti, evitò lo spaccio del signor Aurelio che si sarebbe insospettito se l'avesse vista fare una spesa troppo particolare

... e se si viene a sapere...

... se qualcuno fa la spia...

... cosa vai a pensare!

E poi comunque con cosa la faceva la spesa, non c'era più un quattrino, neanche per fare un regalino ai ragazzi, neanche per mettere in tavola una cena decente la vigilia di Natale, che vita era, maledetta la guerra e maledetti i fascisti e il loro Duce che aveva trascinato tutti in quella catastrofe che poi come al solito pagava la povera gente, l'avvocato Briganti e quelli come lui il cappone in tavola ce l'avrebbero sempre avuto.

La prese una rabbia. Spedì Giulio a tagliare un abete piccolo – almeno l'albero! –, mise Tonino a preparare tanti disegni colorati con cui l'avrebbero decorato assieme a qualche palla di vetro salvata in una scatola sul ripiano alto dell'armadio in camera da letto, mentre Giuditta si concentrava a leggere con le dita l'episodio del ritorno a casa di Ulisse per recitarlo in onore di Sandokan al suo arrivo – Cane Giuseppe avrebbe interpretato Argo.

Corse di qua e di là senza un attimo di tregua, riuscì ad arrivare non si sa come al paese vicino dove una donna accettò di venderle una gallina a credito – che Dio la benedica! –, trovò la farina, almeno il brodo e i tortellini ci sarebbero stati, e poi c'era un salame ancora appeso in dispensa che aveva conservato apposta per i momenti speciali. In fondo al baule trovò una sua vecchia camicetta di seta, per lei ormai era piccola, ma a Giuditta sarebbe stata così bene, povera figlia, che in quei giorni non avrebbe potuto non pensare alla sua famiglia, chissà dov'erano e se erano ancora...

Basta. Con una sciarpa a scacchi che Oreste aveva usato poche volte preparò un bel pacchetto per Giulio e poi con gli ultimi soldi comprò un torrone per Tonino che era sempre pallido e sottile e che leccornie e dolciumi non li poteva mai avere.

Poi c'erano altre cento cose da fare e...

Quando una sera prima di cena bussarono alla porta lei andò ad aprire senza nemmeno pensarci, credeva fosse una vicina. Santo cielo, aveva avuto tanto da fare che non s'era accorta di come passavano i giorni, chissà dove aveva la testa, così non si era nemmeno pettinata, avrebbe almeno potuto cambiarsi il vestito, mettersi addosso qualcosa di carino, che so, quell'abito di lanetta che una volta le stava così bene, invece era scarmigliata, in disordine e in ciabatte.

Era il 22 di dicembre e sulla porta c'era Oreste, grosso come una credenza, con la barba e qualche filo grigio nei capelli – non ce li aveva prima! – e lei si era messa a balbettare cose sconclusionate mentre i bambini strillavano: «C'è papà, c'è papà!».

Che figura.

Capitolo 15

Il 23 dicembre fu un giorno di sole freddo e splendente e fin dal mattino presto i camini delle case dove c'erano i partigiani tornati in paese con Sandokan cominciarono ad eruttare fumo e non la smettevano più. Le stufe erano arroventate come fornaci e ingoiavano cataste di legna mandando sinistri bagliori rossi per scaldare marmitte su marmitte di acqua bollente che poi con grande prudenza venivano trascinate negli stanzini sul retro tra nuvole di vapori caldi e rovesciate nelle bagnarole di zinco.

I partigiani erano sudicissimi perché in montagna non si lavavano mai, avevano tutti la barba e i capelli incolti, appestavano l'aria come cinghiali puzzolenti e le donne di casa per prima cosa avevano imposto loro un bagno purificatore. Gli avevano sequestrato i vestiti, messi subito a mollo nell'apposita tinozza, lasciandoli in mutandoni di lana coi ragazzi che ridevano a crepapelle, poi avevano messo loro in mano un pezzo di sapone di fabbricazione casalinga che aveva un odore strano, un asciugamano ruvido, il rasoio con la lametta vecchia di qualche mese, e le forbici, intimandogli di non farsi vedere fino a quando non avessero riacquistato un aspetto civile. Le proteste non erano servite a niente. C'erano volute ore.

Oreste era riemerso dallo stanzino pulito e profumato, con addosso un paio di pantaloni di velluto, una camicia di flanella a scacchi e un maglione, tutta roba fresca di bucato, si era seduto in cucina guardandosi attorno con aria vagamente smarrita, toccando tutto quello che gli capitava sotto mano, come se avesse voluto riprendere confidenza con quegli oggetti, poi aveva bevuto un caffè d'orzo sotto lo sguardo di Caterina che se lo coccolava con gli occhi.

Giulio e Tonino non gli davano un attimo di tregua riempiendolo di domande, raccontandogli tutto d'un fiato quello che era successo in tutti quei mesi in cui non si erano visti, la scuola, i compagni, i giochi, i piccoli e i grandi avvenimenti che erano successi.

«Sì» aveva detto lui. «Ma io voglio conoscere Giuditta. Dov'è?»

Silenzio.

«È in camera sua» aveva borbottato poi Giulio. «Dice che non esce».

«Perché?» aveva chiesto Caterina che però temeva di sapere già la risposta.

Giulio aveva abbassato gli occhi guardandosi le scarpe con aria imbarazzata e si era agitato a disagio sulla sedia.

«Non so» aveva risposto sempre a testa bassa.

«Sta piangendo» aveva detto Tonino.

Natale non era una festa ebraica, è vero, ma i genitori di Giuditta erano italiani e anche i suoi nonni e i genitori dei nonni e forse per fare contenti i bambini in occasione delle feste natalizie facevano ugualmente l'albero e gli facevano trovare qualche regalo. Comunque Giuditta non poteva non pensare a tutti i momenti di festa e di gioia che aveva trascorso con i suoi genitori e coi suoi fratelli che adesso chissà dov'erano, forse in un campo di concentramento, forse... ammesso che fossero ancora vivi.

Dovevano essere giorni molto difficili per lei e chissà com'era penoso condividere invece il piacere e la serenità di Caterina e dei due fratellini, vedere che il loro papà era tornato a casa mentre il suo... Tra l'altro Caterina sospettava che anche quell'ossessione di Giuditta di andare appena poteva lassù, in quel posto lugubre che chiamavano l'Orecchio del Diavolo, fosse legato in qualche modo alla ricerca dei suoi genitori, chissà cosa sperava di poter fare. Sospettava anche che Giulio ne sapesse qualcosa ma non voleva violare quel loro segreto.

Fece per alzarsi ma Oreste la precedette. «Vado io» le disse.

Si avviò verso la camera di Giuditta, bussò, entrò e si sedette sul letto accanto a lei. Aveva gli occhi gonfi, si vedeva che aveva pianto.

«Volevo conoscerti» le disse. «Tu se vuoi puoi toccarmi la faccia».

Lei gli esplorò il viso con le mani, svelta e leggera, la fronte, le orecchie, il naso, il mento.

«Non avevi la barba?»

«Me l'hanno fatta tagliare» disse lui.

«Pfui!» disse Giuditta e tirò su col naso.

«Ne hai ammazzati tanti di *todeschi*?» chiese poi.

«Qualcuno, ma non mi è piaciuto».

«Loro hanno portato via la mia famiglia».

«Lo so».

Giuditta rimase un attimo in silenzio.

«Voglio venire con te in montagna e ammazzarli anch'io».

«Non puoi» le disse Oreste.

«Perché? Credi che non saprei sparare?» protestò lei.

«Sì che sapresti, hai più coraggio tu di alcuni dei miei ragazzi. Ma non voglio».

«Perché?»

«Perché poi ti porteresti dietro il ricordo e non è una bella cosa».

«E tu come farai?»

«In qualche modo farò» le disse lui.

Oreste tornò in cucina mezz'ora dopo portando Giuditta in braccio, un mucchio d'ossa pungenti. La fece sedere.

«Non mi avevi preparato una sorpresa?» le chiese.

Lei prese l'*Odissea*, sfogliò svelta le pagine, fece scorrere i polpastrelli sulla carta e cominciò a leggere il canto sul ritorno di Ulisse a Itaca. Cane Giuseppe entrò in casa anche lui e andò incontro al suo padrone che era tornato.

Quei due giorni prima di Natale volarono. Oreste promise che lui e gli altri sei ragazzi di Acquadolce che combattevano nella Brigata Partigiana si sarebbero fermati anche un paio di giorni dopo Natale, se non c'erano pericoli. Per prudenza evitavano di uscire e di farsi vedere in giro ma in paese sapevano tutti che erano a casa con le loro famiglie e qualche amico andava anche a trovarli.

Caterina era in ansia...

... e se qualcuno fa la spia e li denuncia?...

Oreste cercava di tranquillizzarla: la maggior parte degli abitanti simpatizzava coi partigiani, molte famiglie avevano qualcuno su in montagna e i pochi fascisti dichiarati come l'avvocato Briganti o il padrone dello spaccio – e anche un paio di non dichiarati – avevano troppa paura dei partigiani per azzardarsi a fare una cosa del genere.

Caterina non era tranquilla lo stesso ma non manifestava le sue paure per non rovinare a Oreste quei pochi giorni di serenità in famiglia.

"Andrà tutto bene" si ripeteva. "Ancora qualche mese di angoscia e di paura e poi la guerra finirà, lo dicono tutti, e noi torneremo ad essere una famiglia normale e felice. Anche Giuditta, povera figlia, chissà se potrà mai riabbracciare i suoi, speriamo di sì. Altrimenti... resterà con noi, hai visto come si è subito affezionata a Oreste?"

Scacciò i pensieri tristi, furono due giorni felici.

La sera della vigilia apparecchiò la tavola con la tovaglia di lino ricamata che faceva parte del suo corredo e col servizio di piatti buono, quello che si usava solo per le feste, accese due candele, la stufa scoppiettava con un odore di legna buona. Fu un vero e proprio banchetto, da quanto non mangiavano così bene? I regali li avrebbero aperti il mattino dopo, i ragazzi dovevano frenare la loro curiosità.

A mezzanotte si imbacuccarono ben bene e uscirono per andare alla messa, la chiesa illuminata scintillava sul bianco della neve. C'era tutto il paese alla funzione, mancavano solo quelli della tribù dei Lazzari che erano così selvatici e incattiviti dall'isolamento e dalla miseria da non celebrare nemmeno il Natale – forse non sapevano neanche che giorno era.

Nei primi banchi davanti all'altare sedevano ovviamente la famiglia dell'avvocato Briganti e quella del signor Aurelio, tutti avvolti in cappotti dall'aria molto calda e costosa. Per le famiglie dei partigiani don Mario aveva invece discretamente riservato i banchi in fondo alla chiesa, vicino all'uscita.

Quelli là davanti ovviamente non potevano non sapere della presenza dei partigiani in paese in occasione delle feste e della loro presenza durante la funzione ma avevano troppa paura per fare qualcosa e poi si sentivano addosso gli occhi fermi e decisi di don Mario. Non si azzardarono nemmeno a girarsi una volta.

Oreste guardava divertito i suoi ragazzi sbarbati, profumati, tutti in ghingheri.

Fu una bella funzione, i canti, l'incenso, il suono dell'organo, Giuditta ascoltava rapita e annusava l'odore dell'incenso.

«Non fare la faccia troppo stupita» le aveva raccomandato Caterina. «Fai finta che non è la prima volta che vai alla messa di Natale, ricordatelo!...»

«Una bambina ebrea?» le aveva chiesto don Mario. «Tu nascondi una bambina ebrea?»

«Sì».

«Non è la figlia di tua sorella?»

«No».

«Hai detto una bugia».

«Sì».

«E vuoi portarla alla messa di Natale?»

«Sì».

«Perché non dovresti? La chiesa è la casa di tutti».

«*Ite, missa est*» disse don Mario, e tutti si alzarono, uscirono dai banchi, si avviarono verso l'uscita e spalancarono il portone della chiesa.

Aveva rincominciato a nevicare, piano piano, appena un nevischio lieve e delicato che volteggiava nell'aria fredda e pulita. Caterina prese Oreste sottobraccio e respirò a fondo, quell'aria sapeva di bosco e di castagne. Furono tra i primi a uscire.

Le due famiglie che li avevano preceduti erano ferme, immobili sui gradini della chiesa. I fari dei camion illuminavano la piazzetta a giorno.

"No" pensò Caterina. "No, ti prego". Sentì le gambe che le cedevano e Oreste che la sorreggeva.

I tedeschi avevano circondato la chiesa.

Capitolo 16

I soldati li fecero radunare tutti sul lato della piazza chiuso dalla chiesa abbaiando ordini in tedesco e spingendoli con la canna dei mitra e li lasciarono là ad aspettare sotto quel nevischio leggero che si impigliava negli scialli delle donne, con la luce dei fari che li colpiva negli occhi e li abbagliava e rendeva tutto vago e sfuocato, come nei sogni.

"Adesso mi sveglierò" pensava Caterina "e scoprirò che è stato solo un incubo e che sono a letto, al caldo sotto le coperte, e Oreste dorme accanto a me e russa un po' come ha sempre fatto..."

Ma non era un sogno. Stringeva a sé i bambini sussurrandogli: «Non guardate! Non guardate!», ma Giulio era dritto in piedi accanto a suo padre, teso, serio, e Tonino si guardava attorno con gli occhi sgranati cercando di capire cosa stava succedendo.

Non guardate! Non guardate!

L'ufficiale venne avanti con grande calma e si fermò in mezzo alla piazza. Indossava un lungo cappotto nero di pelle, molto elegante, e un cappello su cui spiccava il simbolo delle SS. Portava i guanti e stringeva in mano un frustino con cui, ogni tanto, puliva con noncuranza la neve dagli stivali lucenti.

Sembrava rilassato e a suo agio. A un suo cenno abbassarono le ribaltine di due camion e apparvero le canne delle mitragliatrici.

«Allora,» disse in un buon italiano «io so che qui ci sono partigiani. Banditi. Li voglio qua, davanti a me. Subito. Oppure io faccio sparare».

Li hanno venduti...

Li hanno venduti...

Qualcuno ha fatto la spia...

Nel silenzio un ghiacciolo si staccò da una grondaia e tintinnò sul marciapiede.

«Allora,» disse l'ufficiale «io conta fino a dieci...»

«Non è necessario» disse Oreste.

Abbracciò Caterina. «Abbi cura dei nostri figli» le sussurrò.

Poi si accucciò per guardare bene in faccia i ragazzi. Tonino stava per piangere. Li accarezzò sulla testa, tutti e tre, poi si alzò in fretta perché se avesse esitato anche solo un attimo non avrebbe più trovato il coraggio di fare quello che doveva fare. Raggiunse l'ufficiale al centro della piazza. I suoi uomini lo seguirono.

«Sono Oreste Raboni,» disse «il Comandante Sandokan, 47° Brigata Partigiana, e questi sono i miei soldati».

«Banditi» disse l'ufficiale.

«Soldati» rispose Sandokan. «Bandito è chi mitraglia gli innocenti».

L'ufficiale piegò nervosamente il frustino, poi diede un ordine. Un plotone di soldati al comando di un sottufficiale grassottello li fece incolonnare e li portò via, verso il cimitero.

Caterina li vide sparire nel buio della notte.

Silenzio. Silenzio.

Si conficcò le unghie nel palmo della mano. Credeva che in quei momenti le sarebbero venuti in mente chissà quanti ricordi, quelli importanti e quelli sciocchi, chissà quante immagini di Oreste e di loro due, della loro vita, quanti momenti passati insieme, le parole, gli sguardi e invece non le veniva in mente un bel niente. Un bel niente, chissà perché.

Poi si sentirono due raffiche di mitra nel buio della notte e poi sette colpi di pistola.

Quel muro l'hanno imbiancato a calce solo due mesi fa e adesso sarà macchiato del loro sangue. Cosa vai a pensare questa cosa. E adesso ci ammazzeranno tutti, l'hanno già fatto. Di me non mi importa, davvero non mi importa un fico. Ma i bambini.

Erano passati solo pochi minuti ma già era finito tutto, ma tutto davvero.

Faceva freddo là fuori.

«Voi nascosto partigiani» disse l'ufficiale. «Io dovrei sparare tutti. Ma io non faccio».

Fece una lunga pausa ruotando il viso in modo da guardare tutti negli occhi.

«Domani Natale» continuò l'ufficiale. «Voi volete passare

con vostre famiglie, sì? Io so che qui nascosta bambina ebrea. Voi date me, io lascio voi».

No no no questo no. Lasciatela in pace.

Parleranno, qualcuno parlerà. Hanno paura. La loro vita contro quella di una bambina straniera e sconosciuta. E poi in mezzo a loro ci sarà la spia. Qualcuno dirà: quella nuova della Caterina, può essere solo lei.

Pensò di dire all'ufficiale: prendi me. Di supplicarlo. Di inginocchiarsi davanti a lui. Di chiedere pietà. Qualunque cosa.

«Qui non c'è nessuna bambina ebrea» disse la signora Amalia avanzando faticosamente di un passo sulla neve con le sue gambe malate. «Ci sono solo le nostre figlie. Avete già preso i nostri ragazzi, cosa volete ancora?»

L'ufficiale si spolverò gli stivali.

«Allora fate venire qua vostre figlie» disse. «Perché io so anche che bambina ebrea è cieca. Qui non ci sono bambine cieche? No? Qua, davanti a me. Tutte».

Il paese era davvero piccolo, c'erano solo otto bambine dell'età di Giuditta, si misero in fila davanti all'ufficiale. Giuditta era l'ultima.

«Allora,» disse l'ufficiale con un gran sorriso rivolgendosi alla prima bambina «tu ci vede, sì? Quanti sono questi?»

E alzò tre dita.

«Quanti?»

«Tre» mormorò la bambina terrorizzata.

«Brava, avanti prossima».

Sfilarono tutte. Giuditta arrivò davanti all'ufficiale con gli scarponi che affondavano nella neve molle, il viso nascosto dal cappuccio del giaccone da uomo in cui Caterina l'aveva infagottata, la luce dei fari illuminava solo la sua bocca dura e storta.

C'era un tale silenzio che Caterina era sicura che si sarebbero sentiti i battiti del suo cuore che stava scoppiando. L'avrebbero scoperta e allora non avrebbero avuto pietà, qualcuno di sicuro si sarebbe fatto avanti e avrebbe detto: è lei! È lei! Prendetela e lasciateci in pace!

Sentì Tonino che lasciava la presa della sua mano e poi lo vide correre verso il centro della piazza.

Si mise accanto a Giuditta e guardò l'ufficiale dritto in faccia. «Lei è mia sorella, si chiama Maria» disse. «Lasciala stare».

L'ufficiale rise di gusto e con lui i sottoposti che gli stavano accanto: «Bambino italiano coraggioso! *Ja.* Bravo bambino. Io lascio lei se lei risponde».

Alzò cinque dita.

«Quante sono?» chiese.

È finita.

Tonino venne preso da un attacco di tosse convulsa.

«Cinque» disse Giuditta.

L'ufficiale rimase sconcertato. Alzò l'indice della mano destra.

«E queste?» chiese. «Quante?»

Tonino esplose in un clamoroso stranuto riempiendo di moccio la punta lucidissima dello stivale della SS, poi si pulì il naso sulla manica.

«Una» disse Giuditta.

L'ufficiale strofinò lo stivale nella neve con aria disgustata.

«Vattene!» intimò a Tonino.

Poi mise la mano in tasca facendo tintinnare qualcosa.

Non molla, non molla...

Caterina afferrò Tonino che era tornato e lo strinse forte forte.

«Miei figli piace molto biglie» disse l'ufficiale. «A te piace?»

«Non so» disse Giuditta.

«Io regalo te due belle biglie, prendi» e gliele mise in mano.

Erano due belle biglie di vetro colorato.

«E adesso tu dai me biglia azzurra» disse l'ufficiale.

Il campanile della chiesa batté le due. Il gelo si era fatto pungente, la neve non scendeva più. Chissà che freddo avevano là sotto il muro del cimitero.

Caterina guardò la piazza, quel mucchietto d'ossa storte in piedi davanti alla SS, i soldati coi mitra spianati, i suoi compaesani che non avevano parlato, le nuvole del loro fiato sospese nell'aria gelida.

Giuditta prese una delle due biglie e la tese all'ufficiale. Lui la guardò poi se la rimise in tasca. Schioccò il frustino su entrambi gli stivali.

«*Raus!*» sibilò a Giuditta. «Vattene!»

Lei si allontanò camminando con grande calma, prima di unirsi a Caterina e agli altri, prese la biglia che ancora teneva in mano e la scaraventò lontano.

Vennero urlati degli ordini, i camion riavviarono i motori e si mossero mordendo la neve con le catene. Lentamente se ne andarono.

Anche dopo che furono scomparsi per qualche minuto rimasero tutti ancora fermi al loro posto, nessuno si fidava a muoversi, poi ognuno tornò nella sua casa. Molti neppure accesero la luce.

In cucina c'era freddo e odore di umido, la stufa era spenta, sulla tavola c'erano ancora i resti del cenone e i piatti da lavare nell'acquaio.

"Lo farò domattina" pensò Caterina. "Bisognerà fare tante cose. Domani".

Giuditta era seduta sulla sua sedia e guardava fuori dalla finestra, come suo solito.

«Cinque colpi di tosse di Tonino» le disse Caterina «e uno starnuto. Ho capito. Ma come hai fatto con la biglia colorata?»

«Ho tirato a indovinare» rispose Giuditta. «In fondo avevo una probabilità su due, no?»

Capitolo 17

Il giorno dopo fu solo silenzio. Caterina si muoveva come una sonnambula imponendosi di fare le cose di ogni giorno – ma quello non era un giorno come gli altri. Attizzò il fuoco, pulì la cucina, raccolse gli avanzi della cena.

Riusciva a pensare una cosa sola: *chi è stato?*

Vennero le altre donne con don Mario, bisognava pensare a quei corpi là, sotto il muro del cimitero. In qualche modo lo fecero, li ricomposero. Non ricordava niente. Ci sarebbero stati i funerali subito, il giorno dopo.

Chi è stato? Chi li ha venduti?

Preparò il pranzo per i ragazzi, nessuno aveva fame, Giuditta era chiusa nella sua stanza dalla sera prima, non rispondeva nemmeno.

Chi è stato? Chi è quel vigliacco? Per quanto li ha venduti?

Sentiva crescere dentro di sé la rabbia, l'odio.

Forse mi fa bene, forse mi aiuta a superare il dolore.

Era qualcuno che in quei mesi aveva osservato di nascosto quella nuova della Caterina, quella bambina strana, quella che dicevano che era una strega e che parlava coi lupi.

Tic tic tic, chissà come gli rodeva. Cosa ci fa qua? Da cosa si nasconde? Perché è evidente che la nascondono. Vuoi vedere che è una giudia?

Tic tic tic, chissà quanto vale una piccola giudia.

E poi il colpo di fortuna, in paese dicono che i partigiani torneranno per Natale, che andranno anche alla messa di mezzanotte.

Tic tic tic.

La chiesa con le sette bare era una ghiacciaia. C'era la signora Amalia che piangeva quel figlio che non le sarebbe stato accanto nei suoi ultimi anni, c'erano le altre madri e mogli. Fiori non ce n'erano ovviamente, qualcuno aveva disposto sulle bare dell'agrifoglio, Caterina mandò Giulio e Tonino a mettere su ogni cassa il fazzoletto della Brigata Partigiana. Giuditta non era uscita dalla sua camera nemmeno per i funerali.

C'è anche lui qui in chiesa, è venuto a vedere il frutto del suo tradimento?

No, è troppo vigliacco.

Chi è stato?

Chi è stato?

Giuditta ricomparve la mattina del giorno dopo, era il 27 dicembre, la sua faccia era dura come un sasso, si era messa addosso tutti i vestiti che aveva ed era avvolta in due coperte prese dal letto.

«Io vado su» annunciò. «All'Orecchio del Diavolo. Resto là fino a quando non lo sento che parla coi *todeschi* e vende i partigiani. Io conosco le voci di tutti quelli del paese. Di tutti. E sapremo chi è stato».

Caterina parlò, pianse, la supplicò, la minacciò. Era una pazzia, col freddo, la neve. Non poteva, non doveva, lei capiva, era sconvolta dal dolore come tutti loro ma...

«Voi non capite!» strillò Giuditta. «Le parole che diciamo restano. Sempre. Girano girano e poi ritornano. Noi diciamo le cose così ma quello che diciamo torna a cercarci. Io lo sentirò, non importa quanto devo stare su».

Si divincolò dall'abbraccio di Caterina, uscì come una furia sbattendo la porta, senza dare retta ai richiami di Giulio e Tonino, la sentirono che urlava lungo la strada gelata mentre si avviava verso il sentiero che portava alla radura.

Il paese era deserto, soltanto i corvi sui camini.

Giuditta rimase all'Orecchio del Diavolo sei giorni e cinque notti.

Giulio e Tonino salivano ogni mattina a portarle altre coperte, pentole di brodo bollente, cibo, a supplicarla di smetterla con quella pazzia. Giuditta era immobile sul sedile di pietra, al centro dell'Orecchio del Diavolo, nel gelo spettrale del bosco nero coi rami rotti e contorti, tra la neve e il ghiaccio che ogni tanto si spezzava con un rumore secco, aveva le sopracciglia coperte di brina, la bocca serrata stretta e ascoltava, ascoltava senza distrarsi un attimo.

Una mattina, prima dell'ultima svolta che portava alla radura, Giulio e Tonino videro quello che sembrava un grosso lupo grigio allontanarsi nel sottobosco, ne scoprirono anche le impronte nella neve, erano là, chiarissime, e arrivavano fino al grande muro di mattoni. Non lo dissero a Caterina.

Giuditta tornò la sera del primo gennaio 1945, il primo

giorno di un anno nuovo che non prometteva di essere migliore di quello precedente. La famiglia era a tavola. Lei entrò e andò a mettersi davanti al fuoco. Era incrostata di ghiaccio e neve secca e nera. Caterina vedendola si mise a piangere poi le preparò un bagno bollente, la massaggiò, le sciolse gli arti che erano duri come legno, uno alla volta, piano piano, la avvolse in una camicia da notte di flanella, la mise a letto, le rimboccò le coperte.

«L'ho sentito» sussurrò Giuditta. Aveva la voce come carta vetrata.

«Ssssssshhh!» le disse Caterina. «Prova a dormire. Sei stanca».

«L'ho sentito, ti dico. Che parlava col comandante dei *todeschi*, giù a valle. Gli raccontava tutto, di me, dei partigiani, che li potevano prendere in trappola. E continuava a chiedere: 'Quanto mi date per loro?'. Alla fine li ha venduti per due vacche».

Due vacche.

«Ti fa male» le disse Caterina. «Adesso riposati e poi...»

«L'ho riconosciuto. L'ho sentito parlare una volta che ero al mercato, ha una voce da schifoso che sembra che ti sporca quando ti parla, è una voce che non si dimentica. Quel giorno mi ha anche chiesto: 'Sei tu quella della Caterina, eeeeehhh?'. E quando sono tornata a casa avevo voglia di lavarmi».

Non puoi crederle, è solo una bambina sconvolta dal dolore, ossessionata da quel posto misterioso e da quelle storie sulle voci che si sentirebbero lassù...

«È Primo dei Lazzari» disse Giuditta. «È stato lui».

Uno dei Lazzari. Erano una banda di miserabili, abbrutiti dalla miseria e dalla rabbia, a cui non importava niente di nulla, vivevano in alcuni cascinali isolati fuori dal paese, non si sapeva nemmeno quanti fossero esattamente, una quantità di bambini sudici e coi geloni ai piedi che facevano pena a vederli, non avevano rapporti con nessuno, tutti ne avevano timore. Avrebbero fatto qualunque cosa per cinque lire, per un sacco di mais, per una mucca.

Due vacche.

«Se non mi credi» disse Giuditta «vai a vedere nella sua stalla».

Caterina ci andò, il giorno dopo appena spuntato il sole. Si aggirò incerta attorno alla catapecchia dove Primo Lazzari viveva da solo, come un animale. Aspettò che fosse uscito per raggiungere il campo tutto sassi dove coltivava patate e qualche rapa.

Raggiunse la stalla, socchiuse la porta.

C'era un tanfo insopportabile di letame non spalato e di immondizia.

C'erano due vacche nella stalla, bianche, belle, grasse, che alitavano vapore e la guardarono con occhi miti. Due vacche così in paese non ce le aveva nessuno.

Tornò a casa, i ragazzi stavano ancora dormendo, Giuditta era in piedi e aveva preparato del tè. Caterina si sedette, pensò a Oreste e pianse a lungo.

«Cosa possiamo farci?» chiese poi quando si fu calmata. «Le ho viste le vacche. Ma siamo rimasti solo noi in paese, donne, vecchi, bambini».

«Non importa» disse Giuditta.

«Cosa potremmo fare noi?»

Nel silenzio della cucina si sentiva solo il *tic tac* della grossa sveglia sulla credenza.

Giuditta la guardò dritta in faccia con quei suoi occhi vuoti.

Capitolo 18

La notte tra il 3 e il 4 gennaio si scatenò la peggior bufera di neve di quell'inverno. Nevicava così fitto che non si vedeva a un metro di distanza e il vento ghiacciato che scendeva dalle montagne fece crollare la temperatura ben sotto lo zero. Tutti erano rintanati in casa.

Primo Lazzari si girò e rigirò inquieto nella branda sfondata che gli faceva da letto: c'era quel rumore che si insinuava fastidioso tra l'ululato del vento e non gli dava pace. Aveva cercato di ignorarlo ma ritornava regolarmente e lui aveva voglia a tentare di addormentarsi, non ci riusciva.

Sbam! Sbam! Sbam!

Sembrava la porta della stalla che sbatteva spinta dal vento.

Impossibile. Ogni sera al calare del sole prima di andare a dormire chiudeva sempre con cura la porta della stalla, ci metteva la sbarra per essere sicuro. L'aveva fatto anche quella sera, figuriamoci, da quando aveva quelle due splendide bestie non voleva correre rischi. Non ce le aveva nessuno due vacche così. In paese tutti lo disprezzavano e lo guardavano dall'alto in basso – tutti signori si credevano – ma lui se ne fregava, aveva passato il pomeriggio nella stalla a guardarsi le sue bestie, a riempirsi gli occhi. Ti cambiavano la vita due bestie così.

Sbam! Sbam!

Niente da fare. Si alzò imprecando, si infilò gli stivali, i guanti, il mantello pesante col cappuccio, prese una lampada schermata.

Nessuno aveva voglia di uscire in una notte così ma doveva togliersi il pensiero.

Sbam!

Appena uscito all'aperto il vento lo investì con una violenza da farlo traballare, un attimo ed era già coperto di neve. Si strinse nel mantello, girò attorno alla casa, non si distingueva niente, tenebre e neve, roba da perdersi in pochi metri. Mai vista una bufera così. Seguì il muro, arrivò alla stalla. La porta era aperta e sbatteva con violenza nel buio.

Aperta! Si affacciò, alzò la lanterna: la stalla era vuota. Le sue mucche non c'erano più. Non può essere, nessuna mucca lascerebbe la stalla in una notte simile, sono delle stupide bestie ma se c'è la tormenta restano al coperto, al calduccio.

Poi un pensiero lo colpì all'improvviso come un pugno nello stomaco: "Me le hanno rubate! Maledetti. Ah, ma li troverò!".

Uscì barcollando, agitò la lanterna nel tentativo di vedere qualcosa, scrutò il terreno. Eccole! Le impronte degli zoccoli che la neve ancora non aveva cancellato del tutto.

Le seguì. Strano: si vedevano solo le tracce dei due animali, accanto non c'era segno di stivali ma non voleva dire, era tutto confuso, aveva la neve negli occhi.

Che freddo, non si ricordava di un freddo così da tanti anni.

Dov'erano andate? Continuò a seguire le tracce, ogni tanto le perdeva e poi le ritrovava, erano uscite dal paese, avevano attraversato il ponticello, costeggiato il muro del cimitero dove qualche giorno prima...

Bah, lasciamo perdere, che gli importava a lui?

E poi avevano preso il sentiero che saliva su, verso quel posto maldetto, come lo chiamavano? L'Orecchio del Diavolo. Lui non c'era mai voluto andare, non che avesse paura dei fantasmi o di quel che erano, dicevano che lassù si sentivano le voci dei morti. Figurati! Roba da donnette. Lui mica ci credeva a queste cose ma preferiva non andarci. Affari suoi.

Però non gli tornava quella storia: perché le sue mucche avrebbero dovuto salire per quel sentiero ripido a rischio di rompersi una gamba? Cosa speravano di trovare lassù? Non c'era niente.

Per forza doveva esserci qualcuno con loro, non è che uno può dire alle mucche: stanotte quando tolgo il paletto andate a farvi un giretto sotto la neve e salite lassù in quel posto maledetto.

Mica è così che succede.

Ma altre impronte non ce n'erano, questo era un fatto.

Si saranno cancellate, oppure...

Continuò a salire, non si distingueva nulla, buio pesto, la lanterna a malapena gli permetteva di vedere dove metteva i piedi, la bufera aveva aumentato di intensità, c'era da lasciarci la pelle su quel maledetto sentiero ma lui mica mollava, voleva le sue mucche, a qualunque costo e chiunque fosse stato a portarle lassù l'avrebbe pagata cara.

A un certo punto sentì i loro campanacci, erano davvero lassù allora. Accelerò, cadde e picchiò un ginocchio, quasi perdeva la lampada, *sta' attento, idiota!*

La radura finalmente e le sue vacche erano là.

Con loro non c'era nessuno.

Il vento era così forte adesso che la neve arrivava dritta, aveva gli occhi e la bocca pieni. C'era qualcosa in mezzo alla radura, non si distingueva bene, sembrava un muro, altissimo. Mai vista una cosa così.

Si avvicinò alle due bestie, urlò, le prese a pacche sul sedere, le indirizzò di nuovo sul sentiero, *scendete stupide! Tornate alla stalla!*

Dai e dai infilarono di nuovo il sentiero, cominciarono a scendere, *sdlen sdlen*, le aveva trovate, adesso le avrebbe riportate nella stalla.

Faceva freddo, aveva i piedi gelati.

Si fermò un attimo a guardare quel coso, quel muro. Che ci faceva là? A cosa serviva?

Ne aveva sentite tante su quel posto. Che era stregato, che succedevano cose strane.

Lui non ci credeva.

Quando si girò le sue mucche stavano scendendo a valle, sentiva il loro campanaccio sempre più lontano. Adesso scendo anch'io, mezz'ora e siamo tutti al caldo.

Dio che freddo, non resisto più.

Due grossi lupi bloccavano l'accesso al sentiero.

Si immobilizzò, si guardò attorno. Il resto del branco stava uscendo dal sottobosco.

Primo Lazzari indietreggiò, non c'era nessuna via di scampo, lo avevano circondato.

I lupi. Un intero branco, quasi fossero stati là ad aspettarlo. Vedeva i loro occhi che brillavano nel buio.

Lo avrebbero attaccato. È finita. Per colpa di quelle stupide bestie, per colpa...

Non lo attaccarono. Si sedettero sulla neve formando un cerchio attorno a lui.

Aspettavano.

Primo Lazzari rinculò fino a quel muro, lo aggirò, trovò un sedile all'interno – che roba era? Si sedette. I lupi strinsero ancora di più il cerchio. Non facevano niente, stavano là e lo guardavano.

Provò due volte ad alzarsi e loro snudarono le zanne.

La tempesta era sempre più forte, Lazzari si coprì di neve. Faceva sempre più freddo.

"Me ne devo andare da qua" pensò. "Morirò congelato".

Ma non poteva andare da nessuna parte.

Fece in tempo a pensare che i lupi non avevano attaccato le sue mucche e sì che erano un boccone molto ghiotto. Le avevano lasciate andare ed erano comparsi solo quando era arrivato lui.

Come se qualcuno gli avesse detto di fare così e di non attaccare nemmeno lui, di lasciarlo morire al gelo, in modo che avesse il tempo di pensare ai suoi peccati.

Ma nessuno parlava coi lupi, non diciamo sciocchezze.

Quali peccati?

Pensò a quegli uomini contro il muro del cimitero. E allora? Se l'erano andata a cercare, no? Potevano starsene a casa loro tranquilli e non gli sarebbe successo niente. Dovevano farsi i fatti propri, proprio come faceva lui.

Gli vennero in mente quelle macchie di sangue contro il muro intonacato del cimitero, le aveva viste anche lui. Chissà per quanto tempo sarebbero rimaste là.

E allora? Lui non si interessava di politica, gli importava niente.

Non sentiva più i piedi né le mani. Era coperto di neve. Aveva sonno, un sonno a cui non sapeva resistere.

Adesso avrebbe dormito e al risveglio non ci sarebbero stati più i lupi.

Chissà perché continuavano a venirgli in mente quelle macchie di sangue.

Pochi istanti prima di perdere conoscenza vide uno dei lupi staccarsi dal branco e venirsi a sedere sulla neve proprio davanti a lui. Era un lupo strano, lo guardò meglio.

Era un cane pastore, con delle zampe grosse così.

Cosa ci faceva coi lupi?

Nonostante la tormenta riuscì a vedere che aveva qualcosa attorno al collo. Con le sue ultime forze alzò la lanterna che mandò ancora un flebile bagliore di luce e vide cos'era:

era un fazzoletto della Brigata Partigiana, quella che combatteva su quei monti.

Primo Lazzari si addormentò. La neve lo seppellì.

Cane Giuseppe e i lupi rimasero a sorvegliarlo fino a quando non furono ben sicuri che non si sarebbe più mosso.

Conclusione

Il corpo di Primo Lazzari venne trovato per caso una decina di giorni dopo. Tutti si chiesero cosa mai fosse andato a fare lassù, dove c'era l'Orecchio del Diavolo, in una notte di tempesta, e che cosa gli avesse impedito di tornare indietro. Ognuno disse la sua ma naturalmente nessuno trovò una risposta soddisfacente.

Mentre scendevamo dalla radura per dirigerci verso il paese il vecchio Tonino finì di raccontarmi la storia di Giuditta.

«A primavera in effetti sbarcarono gli Alleati, e la guerra finì. Avevamo davanti un periodo di pace e di riconciliazione, pieno di speranze, durante il quale costruire una nuova società, più libera, più giusta. Lo diceva sempre il povero papà.

«Bah, le cose non andarono proprio così, lo saprà anche lei.

«Pochi giorni e i fascisti si tolsero la camicia nera e ne indossarono una di un altro colore, all'improvviso

nessuno era mai stato fascista. Pochi pagarono per i crimini commessi. Cosa vuole che le dica, acqua passata.

«Otto mesi dopo la Liberazione un mattino comparve uno dei fratelli di Giuditta, era l'unico della sua famiglia sopravvissuto al campo di sterminio. Sembrava uno spettro. Prese con sé Giuditta e la portò a Roma a casa di uno zio a sua volta miracolosamente sfuggito al rastrellamento del Ghetto. Per qualche anno ci scrivemmo ogni tanto, poi sa come vanno queste cose, ci perdemmo di vista.

«Noi tirammo avanti anche senza papà. Ogni anno mamma lasciava dei fiori davanti a quel muro che nel frattempo era stato di nuovo imbiancato con la calce, poi il Comune ha messo una lapide per ricordo, l'ha vista passando? Giulio che aveva una bella testa andò all'Università a studiare medicina, io ho preferito rimanere qua, amo questa vita e queste montagne. Punto e basta. È tutto il pomeriggio che chiacchiero».

Eravamo arrivati alla mia macchina, il sole stava tramontando, per me era arrivato il momento di ripartire. Salutai Tonino e lo ringraziai.

Lui sembrava inquieto.

«Signor scrittore,» mi disse «lo so che lei non mi ha creduto quando le ho raccontato cosa è successo quella notte su all'Orecchio del Diavolo. Non le do torto, chi ci crederebbe? Ma adesso le rivelerò una cosa che non ho mai raccontato a nessuno. La dissi solo a Giulio. Vede, ci sono tante cose che non riusciamo a spiegare, biso-

gna accettarle e basta. Per esempio che una bambina possa raccogliere dall'aria le parole che qualcuno ha pronunciato tanto tempo prima. Chi ci crede?

«Ma io mi sono informato, ho fatto ricerche e sa una cosa? L'Orecchio del Diavolo è un cosiddetto specchio acustico, è fatto apposta per raccogliere le voci e i rumori. Li hanno costruiti durante la prima guerra per captare il rombo degli aeroplani che arrivavano per bombardare. Una specie di radar. Li sentivano arrivare con qualche minuto di anticipo e avevano il tempo di avvisare la contraerea. Rudimentale, ma funzionava a quanto pare. E allora... può anche darsi che una bambina sappia parlare con gli animali e farsi ascoltare da loro. Perché no?»

Il sole guizzò gli ultimi raggi dietro le montagne. C'era un grande silenzio, si sentiva solo il gorgogliare dell'acqua di quel torrente che dava il nome al paese. Stava scendendo il buio, il volto del vecchio Tonino cominciava a confondersi con l'ombra.

Ridusse la voce ad un sussurro, lo sentivo a malapena.

«Quella notte, la notte tra il 3 e 4 gennaio 1945, io mi alzai per andare a fare pipì. Fuori infuriava la tempesta e si sentiva fischiare il vento contro le imposte delle finestre. Passai davanti alla camera di Giuditta e vidi che era socchiusa. Guardai dentro, ero un piccolo ficcanaso. Lei era a letto, sepolta come al solito sotto le coperte, ma in un angolo c'erano i suoi stivali coperti di neve che già si stava sciogliendo formando

una pozzanghera sul pavimento e appeso a un chiodo c'era il suo mantello bagnato fradicio che gocciolava. Giuditta era uscita in quella notte di tempesta, non c'erano dubbi. Il mattino dopo prima che mamma si alzasse aveva rimesso le sue cose a posto e asciugato il pavimento.

«Lo raccontai a Giulio. Lui mi rimproverò in tono duro, disse che mi ero inventato tutto, poi minacciò di suonarmele se avessi fatto parola di questa cosa a mamma. 'Non devi dirlo a nessuno,' mi ordinò 'mai'. Mio fratello non mi aveva mai trattato in quel modo, ci restai malissimo. Anni dopo ho capito perché l'aveva fatto. Spero che Giuditta dovunque sia abbia trovato qualcosa che assomiglia alla pace».

Ci salutammo davvero questa volta, salii in macchina, rifeci quella strada tutta tornanti col buio che ormai era sceso e nascondeva i monti.

Non sapevo più a cosa credere, avevo una gran confusione in testa: Tonino aveva davvero visto quegli stivali bagnati, quel mantello gocciolante?

Poi capii che non era importante decidere se l'ultima rivelazione fattami da Tonino fosse vera o fosse invece la fantasia di un bambino.

È molto più importante ricordarsi l'eroismo di Sandokan e dei suoi ragazzi che sono andati a morire contro quel muro per darci la libertà di cui tutti godiamo ancora oggi; ricordarsi il terrore di una bambina ebrea nascosta nell'intercapedine di un armadio per due giorni, mentre un uomo là fuori insiste a cercarla e a dirle: 'Esci! Esci!', per poi portarla in un campo di sterminio; ricordarsi il coraggio di un bambino di sette anni che sfida un ufficiale delle SS per salvare una bambina scorbutica e strana che per lui è diventata come una sorella.

Ecco, secondo me l'importante è ricordarsi sempre queste cose, la memoria ci serve per capire ancora oggi da che parte vogliamo stare e per fare le nostre scelte.

Fare le scelte giuste non è difficile come sostiene qualcuno. È facile, perbacco, l'hanno capito anche i lupi!

Perciò vi ho raccontato questa storia.

Indice